古诗词里的博物学

童趣盈盈

李山 主编
文小通 著

光明日报出版社

图书在版编目（CIP）数据

古诗词里的博物学．童趣盈盈 / 文小通著．-- 北京：
光明日报出版社，2024.1
ISBN 978-7-5194-7724-0

Ⅰ．①古… Ⅱ．①文… Ⅲ．①古典诗歌－诗歌欣赏－
中国－少儿读物②游戏－中国－古代－少儿读物 Ⅳ．
① I207.2-49 ② G898-49

中国国家版本馆 CIP 数据核字 (2024) 第 031970 号

古诗词里的博物学——童趣盈盈
GU SHICI LI DE BOWUXUE —— TONGQU YINGYING

著　　者：文小通	主　　编：李　山
责任编辑：谢　香　孙　展	责任校对：徐　蔚
特约编辑：禹成豪	责任印制：曹　净
封面设计：李果果	

出版发行：光明日报出版社
地　　址：北京市西城区永安路 106 号，100050
电　　话：010-63169890（咨询），010-63131930（邮购）
传　　真：010-63131930
网　　址：http://book.gmw.cn
E - mail：gmrbcbs@gmw.cn
法律顾问：北京市兰台律师事务所龚柳方律师

印　　刷：河北朗祥印刷有限公司
装　　订：河北朗祥印刷有限公司
本书如有破损、缺页、装订错误，请与本社联系调换，电话：010-63131930

开　　本：260mm × 250mm	印　　张：31.5

字　　数：315 千字
版　　次：2024 年 1 月第 1 版
印　　次：2024 年 2 月第 1 次印刷
书　　号：ISBN 978-7-5194-7724-0
定　　价：268.00 元（全 4 册）

目录

村居

［清］高鼎

草长莺飞二月天，拂堤杨柳醉春烟。

儿童散学归来早，忙趁东风放纸鸢（yuān）。

注释

拂堤杨柳： 垂下的柳枝来回摆动，像在抚摸堤岸。杨柳指柳树。

醉： 陶醉。 **春烟：** 春天水泽蒸发的雾气。 **散学：** 放学。

东风： 春风。 **纸鸢：** 泛指风筝。鸢，老鹰，一般风筝做成老鹰等动物的形状。

译文

在青草生长、黄莺飞舞的二月里，柳树垂下的枝条随风摆动，像在抚摸堤岸。柳树似乎也沉醉在春天水泽蒸发而产生的朦胧雾气之中。村里的儿童早早地放学回到家，赶忙趁着东风吹拂把风筝放上蓝天。

清·佚名·升平乐事图册

初春时节，妇女儿童在庭院嬉戏，孩子们正迎着春风放蝙蝠风筝。蝙蝠谐音“遍福”，古时候有好运有福之意。

注：全书所选图片多为局部，不一一列举。

放风筝

放风筝是民间的传统游戏，起源于春秋战国时期。

风筝的别称

纸鸢、风鸢、纸鹞(yào)、风琴、鹞子。

风筝发展过程中的重要人物

春秋战国时期的墨翟(dí)：以木头制成木鸟，研制三年而成。

春秋战国时期的鲁班：用竹子制成喜鹊模样的风筝，称为“木鹊”。

东汉的蔡伦：改进造纸术，使人们可以用纸做风筝，称纸鸢。

作为古代通信工具的风筝

秦汉：据说垓(gāi)下之战时，项羽军队被困，韩信派人用牛皮制作风筝，上绑竹笛，汉军配合笛声唱起楚歌，涣散楚军士气。这就是四面楚歌的故事。

南朝：梁武帝被侯景兵困于南京，羊侃用风筝送出求援诏书。

唐朝：张丕被围困时曾利用风筝传信求救，取得了成功。

风筝的升级玩法

玩者放开线轴上的丝线，跑步将风筝放飞到空中。然后与对方在空中的风筝相互缠绕，以线不断者为胜。

清·余穉·花鸟图册
蝴蝶正停在盛放的百合花上。百合花有百年好合、夫妻团圆的寓意。

清·郎世宁·十骏犬苍水虬轴
机警的灰白色猎犬名叫苍水虬。虬，是神话中头上有两角的小龙。苍水指它皮毛的颜色。

清·艾启蒙·白鹰图
矫健的白鹰正在站在石上，眺望远方。

风筝的造型多种多样，判断左边哪种动物不适合用作风筝造型。

池上二绝·其一

［唐］白居易

山僧对棋坐，局上竹阴清。

映竹无人见，时闻下子声。

注释

山僧：山寺的僧人。 **对棋**：相对而坐下棋。 **下子**：放下棋子。

译文

山中的僧人相向坐定，成荫的竹林遮盖棋盘。

无人看见竹林中的身影，却时时听到放下棋子的声音。

明 · 黄彪 · 九老图

画中两位老者正在竹林中下棋，另一位老者与一位小童子坐在一旁聚精会神地观战。场面幽静，似棋局焦灼。

下棋

下棋是博弈的一种，是兼具对抗性和竞技性的娱乐活动。

棋类游戏举例

象棋：中国传统棋类游戏。相传为舜的弟弟象发明，韩信改良后，有了棋盘上的“楚河”“汉界”。擅玩名人：杨慎、袁枚。

围棋：古时称“弈”，是棋类游戏的鼻祖，相传为尧帝发明，别名众多，如坐隐、烂柯、乌鹭、玉楸(qiū)枰等。擅玩名人：阮籍、王积薪。

六博：掷采行棋的游戏，因使用六根博箸而称为六博，以吃子为胜。擅玩名人：李白、韩愈。

樗蒲(chū pú)：汉末盛行的棋类游戏，所用五枚骰子上黑下白。骰子最初由樗木制成，故称樗蒲，类似今天的飞行棋。擅玩名人：鸠(jiū)摩罗什(shí)、杨国忠。

双陆：汉魏时期出现的棋类游戏，又叫“握槊(shuò)”“长行”，为曹植发明。擅玩名人：曹植、武三思。

格五：又叫博塞、蹙(cù)戎，两汉至南北朝最为流行。双方各执黑白棋五枚，每次移一步，遇对方则跳过，先到敌境为胜。擅玩名人：沈文季。

宋・梁楷・李白行吟图

画中李白昂首挺胸，负手行吟。

元・赵孟頫（fǔ）・杜甫像

画中杜甫身穿长服，头戴幞头与斗笠，侧身而立。

左边为李白和杜甫，猜猜他们见面后，有可能下什么棋。

池上二绝·其二

［唐］白居易

小娃撑小艇，偷采白莲回。

不解藏踪迹，浮萍一道开。

注释 **撑：**撑篙。 **艇：**船。 **解：**知道。 **踪迹：**指小船划过水面留下的痕迹。 **浮萍：**浮在水面的水生植物，夏季开白花。

译文 小娃娃摇着小船，偷偷采摘白莲后返还。

他不知道如何遮掩踪迹，小船划过水上的浮萍，留下一道痕迹。

清·冷枚·百子图

一百个孩童在亭台楼阁间嬉戏打闹。画中孩子神态各异，有的在摇拨浪鼓，有的在划船，有的在采莲……

观莲节

旧俗里，农历六月二十四日为莲花的生日，即观莲节。每逢这天，江南水乡的人们都泛舟赏莲，饮酒作诗，为莲庆寿，晚上则在湖中放荷花灯祈福。

古代与莲花相关的饮食

唐朝：绿荷包饭，用荷叶包裹大米蒸熟，即今广东名吃“荷包饭”。

宋朝：玉井饭，用莲子、藕片和米饭做成。

明清时期：莲花酒，即以莲花酿酒。慈禧太后曾把自制的白莲花酒赏给大臣，称为“玉液琼浆”。

跟荷花有关的娱乐形式——碧筒饮

碧筒饮出现于曹魏时期。宴席上，人们用荷叶盛酒，再用簪(zān)子刺透叶柄，以柄为管，吸饮荷叶上的酒。

唐朝宰相李宗闵(mǐn)曾经临水设宴。席上，人们将盛满美酒的荷叶系紧，然后放在嘴边，用筷子刺一孔，一口饮下。

清 · 王图炳 · 荷花图

粉、白二色的莲花争相怒放，景色清丽明快。

明 · 朱瞻基 · 莲浦松荫图

莲花凋谢，池塘中的莲蓬与荷叶干枯，一只小鸟停在莲蓬茎上，低头打量水面。

明 · 文嘉 · 莲藕净因图

画中同时描绘了莲花、莲叶、莲蓬与莲藕，色彩淡雅，表现了作者宁静的心境。

判断左边三幅图中，哪幅图中的荷叶适合做碧筒饮的游戏。

与小女

［唐］韦庄

见人初解语呕哑，不肯归眠恋小车。

一夜娇啼缘底事，为嫌衣少缕金华。

注释

初解：开始听懂。　呕哑：象声词，小孩子的说话声。

小车：鸠(jiū)车，一种儿童玩具。　缘底事：因为何事。

为：因为。　嫌：不满意。　缕金华：用金线绣的花。

译文

刚懂大人说话就咿咿呀呀，因为爱玩小车，所以迟迟不肯睡下。

整晚撒娇哭闹到底是为啥，原来嫌弃衣服上缺少金线绣花。

唐·周昉·人物卷

庭院挂上了花灯，美丽的仕女正牵着玩具小车玩耍，孩子拿着鱼灯，紧跟仕女身旁。小车后，两个孩童正敲锣打鼓，为小车伴奏。

诗中的“小车”是什么车？

本诗中的“小车”为鸠车，其整体为一个大斑鸠的形状，胸前系有小铃铛，爪部两侧安有轮子，背上还站立一个小斑鸠。

鸠车主要流行于汉代到西晋，隋唐后只是作为儿童游戏的代称，不再流行。材质多以青铜为主，有的为陶制。

为什么大斑鸠上站着小斑鸠？

在古代，鸠鸟是舐犊情深和孝道的代表，汉代会授予七十岁以上的老人鸠杖。鸠车上大鸟背负小鸟，能让儿童在游戏中体会尊老爱幼的美德。

鸠车的玩法

用线绳穿过鸠车胸前的小孔，牵拉线绳使鸠车前进。用力拉，鸠车尾部上翘；轻轻拉，鸠车尾部则贴地。这正是模仿鸠鸟飞翔和行走时的姿态。

清·沈铨·松梅双鹤图

远处山峰隐隐可见，近处是苍劲的松枝与洁白的古梅，仙鹤仰起脖子在树下啼叫，另一只俯身寻觅食物。

判断左边哪类动物可用来做小车的装饰。

明 · 沈周 · 鸠声唤雨图

一只昂首挺胸的斑鸠，正孤零零地站在枯枝上。

清 · 马负图 · 虎图

一只胖胖的老虎蹲坐在山涧中，神情慵懒，模样憨态可掬。

杂忆五首·其三

［唐］元稹

寒轻夜浅绕回廊，不辨花丛暗辨香。

忆得双文胧月下，小楼前后捉迷藏。

注释 **寒轻：**微寒。 **夜浅：**还没到深夜。 **暗辨香：**暗中辨认香气。 **忆得：**记得。 **双文：**诗人年轻时候的爱人。

译文 还没到深夜，天气有些微寒，我绕到回廊下，不去辨认花丛里传来的到底是什么花香，只是暗中辨认你的芳香。还记得曾经我和双文，就在皎皎月光下，在这小楼周围捉迷藏。

明·夏葵·婴戏图

一群衣着华贵的孩子正在追逐打闹。他们有的蒙上眼睛在捉迷藏，有的戴上面具耍杂技，有的俯身观察着水里的金鱼……

捉迷藏的来历

相传，唐明皇和杨贵妃在月光下游戏，二人轮流用锦帕蒙住眼睛，互相捕捉。杨贵妃年轻，每次都能轻易捉住唐明皇，而唐明皇年老，难以捉住杨贵妃。后来，杨贵妃就故意在衣服上挂许多香囊，引明皇捉，明皇最后只捉住满手香囊。杨贵妃把这个游戏称作“捉迷藏”。

捉迷藏的别称

藏猫儿、摸瞎子、藏朦（méng）。

捉迷藏的玩法

一人用纱巾、帕子等物蒙住眼睛，用手寻找其他人。其他人在区域内奔跑，引蒙目之人去捉。若蒙目之人捉到一人，则要说出此人是谁，说对即为胜，说错则要放开此人，继续蒙目寻找。

明 · 佚名 · 玄宗贵妃奏笛图立轴

据《旧唐书》记载，唐玄宗精通音律，杨贵妃也通晓音律并擅长歌舞，因此两人经常在一起合奏乐器。画中唐玄宗与杨贵妃并肩吹笛。

明·周臣·明皇游月宫图

据《太平广记》记载，唐朝开元年间的一个中秋夜，道士罗公远施法，让唐玄宗在梦中前往广寒殿畅游，欣赏仙女歌舞。

元·钱选·贵妃上马图

唐玄宗和杨贵妃一同出游，唐玄宗骑马走在前面，回头看向杨贵妃，娇憨的杨贵妃正借助两个侍女的帮助上马。

猜猜捉迷藏的来历有可能跟左边哪幅图有关。

长干行（节选）

［唐］李白

妾发初覆额，折花门前剧。

郎骑竹马来，绕床弄青梅。

同居长干里，两小无嫌猜。

注释

长干行： 属乐府《杂曲歌辞》调名。 **覆：** 覆盖。 **剧：** 游戏。 **床：** 井边的围栏。 **长干里：** 在今南京市，古代是船民集居之地。 **嫌猜：** 猜忌。

译文

我头发刚能覆盖额头，就和你在门前玩折花游戏。

你骑着竹马往这里走，我们绕着井栏把青梅互投。

我们一同住在长干里，两人从小内心就没有猜忌。

清·佚名·升平乐事图册

画中是正月十五元宵节，男孩女孩手提花灯正在相互嬉戏，青梅竹马，两小无猜。

竹马

竹马是古代儿童玩具，一般用一根竹竿即可游戏。竿子一端有马头模型，另一端安装轮子，孩子跨在上面，当作马骑。早在汉代，此游戏就很流行。

“竹马”的寓意

许多文人用“竹马之好”“青梅竹马”等词来比喻儿童时期的友谊。古人也常以骑竹马作为童年的象征。民间认为，儿童骑竹马，有将来走上富贵人生道路的寓意。

竹马的玩法

儿童将竹竿“骑”在两胯之间，一手握住竿头，使竿尾拖地，另一手持刀枪剑棒等玩具，与其他儿童“厮杀”对阵，来回奔跑，如骑马之状。

判断左边哪幅图没蕴含儿童骑竹马之意。

明·佚名·猎骑图

在连绵的山峦里，一行人骑着马，将要去打猎。他们行走在树林间，树叶有绿有黄，秋意浓浓。

宋·佚名·小庭婴戏图

四个孩童在庭院中追逐打闹，右侧地上摆放一张方桌，四周散乱地摆放着各种小玩具。

明·张路·老子骑牛图

老子骑在青牛上，手里拿着书卷，全神贯注地注视着一只飞翔的蝙蝠。

有瞽（gǔ）（节选）

有瞽有瞽，在周之庭。

设业设虡（jù），崇牙树羽。

应田县（xuán）鼓，鞉（táo）磬（qìng）柷（zhù）圉（yǔ）。

注释

有瞽： 选自《诗经·周颂》。瞽，盲人，这里指盲人乐师。 **庭：** 宗庙的前庭。 **业：** 悬挂乐器的横木上的大板。 **虡：** 悬挂编钟编磬等乐器的直木架。 **崇牙：** 古代乐器架横木上刻的锯齿，用来悬挂乐器。 **树羽：** 插上羽毛作为崇牙的装饰。树，插。 **应：** 小鼓。 **田：** 大鼓。 **县：** “悬”的本字。 **鞉：** 一柄两耳的摇鼓，即拨浪鼓。 **磬：** 石或玉制的板状打击乐器。 **柷：** 木制的打击乐器。 **圉：** 即“敔”，打击乐器，状如伏虎。

译文

盲人乐师排成了一行，聚在周庙的前庭之上。

钟架鼓架已摆放齐全，五彩羽毛在架上安装。

小鼓大鼓悬挂在上面，乐器鼓类都准备妥当。

清·佚名·升平乐事图册
画中妇人带着孩童外出游玩，一位孩童戴着钟馗面具正表演，三位孩童正敲锣、打鼓、吹唢呐，为孩童伴奏。

拨浪鼓

拨浪鼓是比较原始的民间儿童玩具，最早出现于战国时期。

拨浪鼓鼓面的材质

拨浪鼓的鼓面材质多样，有木的、竹的、泥的、硬纸的，还有用羊皮、牛皮制作的，其中以羊皮最为典型。

拨浪鼓的别名

小鼓、货郎鼓、波浪鼓、播郎鼓、博浪鼓、摇咕咚。

玩法

玩时转动鼓柄，鼓身两侧的弹丸随即击鼓并发出声音。玩者以不同的力度控制节奏快慢、音律高低和声音大小。

找一找，看一看，图里的拨浪鼓在哪儿呢？

宋·李公麟·货郎图

贩卖人偶的货郎正从货架上取下人偶，递给孩童。左侧的两个孩童高举着双手，迫不及待地接过玩具。右侧的孩童牵着年纪较小的孩童，望向货架上的人偶，满脸期待。

宋·苏汉臣·婴戏图

四个孩童在玩木偶戏，一个孩童操纵傀儡为前面两个孩童表演，另一个孩童扮演乐师，正击鼓伴奏。

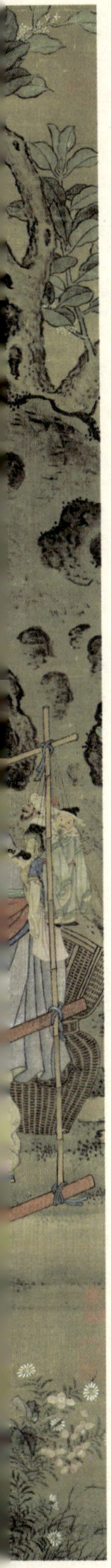

rǎng

击壤歌

日出而作，日入而息。

凿井而饮，耕田而食。

帝力于我何有哉！

注释

击壤歌：选自《帝王世纪》。壤，古代儿童木制玩具，前宽后窄，形状如鞋。 **作：**劳动。 **息：**休息。 **帝力：**尧帝的力量，指帝王权力。 **何有：**有什么。

译文

太阳出来就去田间耕地，太阳下山后我就回家休息。

凿井喝水多么畅快淋漓，耕田播种就能将食物获取。

帝王权力对我而言，又有什么吸引力！

宋·佚名·蕉阴击球图

两个孩童在庭院里玩槌球游戏，他们都拿着木拍击球。一名妇人和一位年龄稍大的女孩高兴地看着他们嬉戏。

击壤

击壤是古代的一种投掷游戏，相传在尧帝时代就已出现。

击壤的来历

相传，击壤源自一种古老的狩猎方式。最初，人们为了安全地捉到猎物，就会用土块、石块、木棒等投击猎物。为了投击更加精准，人们平时便要反复练习。后来，狩猎和作战工具得到改进，人们主要用弓箭和刀枪狩猎，不再投击石块，于是击壤就演变成了一种娱乐游戏。

“壤”在古代的发展变化

远古时代，壤是土块；三国时期，壤为前宽后窄、形状如<ruby>屐<rt>jī</rt></ruby>的木制品；宋代的壤是砖块，称<ruby>堶<rt>tuó</rt></ruby>；明清时期的壤叫“<ruby>尜<rt>gá</rt></ruby>”，为两头尖、中间大的木制品。

击壤的玩法

玩者将一壤插于前方几十步的地面，再以手中之壤投击，击中者为胜。

左边的人分别是魏晋『竹林七贤』中的五位、宋仁宗和清乾隆皇帝，判断他们小时候玩的击壤游戏中，『壤』有可能是什么形状的。

宋·佚名·宋仁宗坐像轴

宋仁宗正坐在龙椅上，他头戴幞头，身着赭袍，腰间束朱带，姿态雍容。

清·郎世宁·乾隆皇帝大阅图

乾隆皇帝正前往南苑检阅官兵，他身披铠甲，背着羽箭，左手勒紧缰绳，眺望前方，威风凛凛。

唐·阎立本·竹林五君图

晋代『竹林七贤』中的嵇康、阮籍、向秀、刘伶、阮咸在山林中聚会的场景。

小儿垂钓

［唐］胡令能

蓬头稚子学垂纶，侧坐莓苔草映身。

路人借问遥招手，怕得鱼惊不应(yìng)人。

注释

蓬头：头发蓬乱。　**稚子**：小孩子。　**垂纶**：钓鱼。纶，钓鱼用的丝线。　**莓**：一种野草。　**苔**：苔藓植物。　**映身**：草丛遮掩了小孩的身影。　**借问**：向人打听。　**鱼惊**：鱼受到惊吓。　**应**：回应。

译文

一个头发蓬乱的小孩在学垂钓，他侧着身子坐在草丛里。

听见行人问路，他远远地摇了摇手，害怕大声回应后，会把鱼儿吓跑。

元·佚名·夏景戏婴图

端午节时，孩童们在庭院中玩耍，有的在和蟾蜍嬉戏，有的摇扇子，有的手举榴花，有的抬案几。

古代鱼钩的材质

最早的鱼钩叫鱼卡，由木头或者骨头打磨而成。新石器时代出现了石质鱼钩。青铜时代，人们制作了金属鱼钩，类似现在的鱼钩。

古代鱼竿的材质

最早，人们用树枝、芦苇等制作鱼竿。后来人们发现中空的竹子富有韧性，特别适合垂钓，所以改用竹子做鱼竿。

古代的鱼饵有哪些？

古代鱼饵一般为寻常之物，如米饭、小虫、蚯蚓等。但是古代也流行过用牛粪作为鱼饵，尤其钓鲤鱼的时候，人们多选择牛粪。

古代的钓鱼名人

姜尚：也叫姜子牙。相传，他曾在磻(pán)溪边垂钓。不仅不放鱼饵，而且连鱼钩也是直的。

范蠡(lǐ)：在洞庭湖钓鱼。钓到大鱼做美食，钓到小鱼就放生，人们称放生的鱼为“范蠡鱼”。他还写了历史上第一部养鱼著作《养鱼经》。

张志和：唐朝诗人，自称“烟波钓徒”，常在湖州西塞山垂钓。

宋仁宗：经常举办赏花钓鱼大会，范仲淹、欧阳修、司马光、王安石都参加过。

宋·马远·寒江独钓图

一叶扁舟在水波荡漾的江面随风漂泊，一位老翁正坐在舟上垂钓。

日本·狩野元信·太公望文王图

姜太公在渭水边盘腿坐在石头上用直钩钓鱼，偶遇周文王。

明·陆治·寒江钓艇图

天寒地冻的江面上，漂着一叶孤舟，舟上有一位身披蓑衣的渔翁在垂钓。

判断左边哪幅图中的鱼钩有可能是直的。

宫词

［唐］王建

春来睡困不梳头，懒逐君王苑北游。
暂向玉花阶上坐，簸（bǒ）钱赢得两三筹。

注释 **逐：**跟随。 **游：**游玩。 **簸钱：**古代的掷钱游戏。

译文 春日里，宫里的妃子犯了困意，连头发也忘了梳理，她懒得跟随君王去苑北游玩，却坐在玉石台阶上，和宫人玩起“簸钱”游戏，赢了两三筹。

清·罗聘·婴戏图轴
六个孩子聚在树下玩耍，大家喜笑颜开。

簸钱

簸钱是古代一种掷钱游戏，类似现在的“掷钢镚”游戏。唐宋时期，此游戏比较流行，一般儿童和少女爱玩此游戏。

簸钱的别名

打钱、掷钱、摊钱。

簸钱的玩法

准备铜钱若干，三五人围聚，玩者持钱在手中摇晃，然后掷在台阶或地上，依次摊平。钱正面朝上多者为胜。

簸的是什么“钱”？

古代各个时期所用钱币大有不同，比如最早是使用贝类货币，夏商周时期主要是实物货币。进入封建社会之后，钱币的主要形式是金属货币，宋朝开始有了纸币，名“交子”。历朝历代的货币名称也不同，这里简单举几个例子：

汉武帝时期：五铢钱。

南朝梁武帝时期：公式女钱。

唐高祖时期：开元通宝。

明太祖时期：洪武通宝。

清康熙时期：康熙通宝。

判断左边哪场聚会中人们有可能玩簸钱游戏。

清·石涛·西园雅集图卷
北宋年间，驸马都尉王诜邀请苏轼、苏辙、黄庭坚、米芾等十六位名士在西园吟诗作赋。

明·仇英·汉宫春晓图
春日晨曦中，宫中嫔妃、宫女、太监、皇子在后宫悠闲娱乐。

清·戴苍·水绘园雅集图轴
水绘园主人冒辟疆邀请了一众名士，在园子里举办吟诗作赋、讨论学问的集会。

蝶恋花·春景

［北宋］苏轼

花褪(tuì)残红青杏小。燕子飞时，绿水人家绕。

枝上柳绵吹又少。天涯何处无芳草。

墙里秋千墙外道。墙外行人，墙里佳人笑。

笑渐不闻声渐悄。多情却被无情恼。

注释

蝶恋花：词牌名，又名凤栖梧、鹊踏枝。 **褪：**萎谢。 **柳绵：**柳絮。 **渐悄：**渐渐没有声音。 **却被：**反被。 **无情：**毫无觉察。

译文

杏花早已凋谢，杏树长出了小小的青杏。燕子从空中飞过，碧绿的河水绕过几处人家，静静流淌。枝上的柳絮被风吹得越来越少。可是不要担心，天涯到处都长满了茂盛的芳草。围墙里一位少女在荡秋千，行人从围墙外经过，听见墙里少女在欢笑。笑声渐渐消失，周围变得静悄悄。行人惘然若失，仿佛多情的自己被毫无察觉的少女所伤害。

清·陈枚·月曼清游图
早春时节，桃花灼灼、杨柳依依，少女们面露喜色，在院中荡秋千。

秋千

秋千是比较古老的游戏，可追溯（sù）至上古时代。

异体字“秋千”的写法

“秋千”两字的异体字写法为“鞦韆（qiū qiān）”。因为古代拴秋千的绳索多用兽皮制成，故二字的异体字均以“革”为偏旁。

秋千的发展

远古时期：人们上树采摘野果或狩猎时，需要抓住藤条摇摆晃动，才能上树或跨越。

春秋战国：秋千作为军事训练的工具。

汉至唐代：宫廷盛行荡秋千。唐代称荡秋千为“半仙戏”。

宋代：出现了“水秋千”，人们会在西湖、钱塘江等地举行秋千表演。

宋代以后，秋千普及民间，直至今天。

名人们的“秋千诗词”

李商隐：十五泣春风，背面秋千下。

苏轼：歌管楼台声细细，秋千院落夜沉沉。

欧阳修：泪眼问花花不语，乱红飞过秋千去。

李清照：蹴（cù）罢秋千，起来慵整纤纤手。

判断左边哪些人在玩秋千。

明 · 佚名 · 仕女图册
两名姿态曼妙的少女唇角含笑，正说着悄悄话。

宋 · 刘松年 · 宫女图
三位女子在后院玩乐，其中两位在桌前，桌上摆放着剪刀和布匹。另一位红衣女子，正在庭院中翩翩起舞。

清 · 焦秉贞 · 柳院秋千图
六位优雅的贵族女子在院中玩乐。一位将要站上秋千，身后两位女子在她身后搀扶。余下三位女子彼此谈笑着，在一旁等候。

清·佚名·升平乐事图册

春日，孩子们提着花篮灯，由妇人带着外出游玩，热热闹闹地享受春季。

晚春感事

［南宋］陆游

少年骑马入咸阳，鹘(hú)似身轻蝶似狂；
蹴(cù)鞠(jū)场边万人看，秋千旗下一春忙。
风光流转浑如昨，志气低摧只自伤。
日永东斋淡无事，闭门扫地独焚(fén)香。

注释 **咸阳：**秦朝的都城，在今陕西省。**鹘：**猎鹰。**蹴鞠：**指以脚踏(tà)、踢皮球的活动，类似今日的足球。**浑如：**完全像。**低摧：**疲惫劳累的样子。**东斋：**古代书院分为东斋和西斋，供学生住宿。

译文 意气风发的少年骑马进入咸阳。他的身姿似猎鹰般轻盈，又似蝴蝶般狂放。一场蹴鞠比赛吸引万人观看。秋千架上彩旗飘舞，人们热闹地荡着秋千。时光飞逝，一切就像昨日才发生。我如今疲惫劳累，志气早已不在，只能独自黯然神伤。待在东斋的日子，整日平淡无事。只好打扫庭院，独自烧香。

蹴鞠

蹴鞠是古代一种球类游戏，类似今天的足球。“蹴”就是踏、踢的意思，“鞠”是一种实心球。早在黄帝时期，蹴鞠就已出现，那时用来训练军队。

蹴鞠名人

项处：西汉人，极爱蹴鞠，患重病后不遵医嘱仍玩蹴鞠，后不治身亡。

宋太祖：喜欢蹴鞠，经常跟赵光义、赵普等人一起蹴鞠。

高俅：北宋蹴鞠社团“齐云社”社员，获宠于当时还是端王的宋徽宗。

彭云秀：明代女蹴鞠高手。

不用球门的玩法

此玩法叫“白打”，人数不一，除用脚踢外，头、肩、臀、胸、腹、膝等部位均可接球，动作繁多。

有球门的玩法

球门叫“风流眼”。人员分两队，穿不同颜色服饰，称左右军。以击鼓为号，左军队员先发球，互相颠球数次后传给副队长。副队长颠球后再传给队长，队长将球踢向风流眼，过者则胜。

宋·马远（传）·蹴鞠图
画中是人们正在争夺头球的场面。

猜一猜左图中的蹴鞠玩法叫什么。

宿新市徐公店二首·其二

［南宋］杨万里

篱落疏疏一径深，树头新绿未成阴。

儿童急走追黄蝶，飞入菜花无处寻。

注释

新市：今浙江省德清县新市镇。 **徐公店：**姓徐的人开的店。

篱落：篱笆。 **疏疏：**稀稀疏疏的样子。 **一径深：**一条小路很深远。

阴：树叶茂盛成荫。 **急走：**奔跑。 **寻：**寻找。

译文

稀疏的篱笆旁有条幽深的小路，树梢长出了嫩芽，树叶也还没长成绿荫。

儿童奔跑着在追一只黄色蝴蝶，蝴蝶飞入菜花丛中，无处找寻。

五代·周文矩·庭院童戏图

七个孩童在庭院嬉闹的场景，有三个孩子围着水缸，余下四个在一旁追逐打闹。

扑蝶

扑蝶是古代流行的春季游戏，又叫花朝节、扑蝶会。南北朝时期的《荆(jīng)楚岁时记》就记载了扑蝶会的场景。到了北宋时期，此游戏已经广为流行。

扑蝶不“伤”蝶

少女和儿童多爱扑蝶。女子多拿团扇优雅地扑来扑去，儿童则拿网扑。扑蝶不一定要逮住蝴蝶，更多的是与蝴蝶嬉戏，即便扑住了，也会将蝴蝶放生。

宝钗扑蝶

“宝钗扑蝶”是古典名著《红楼梦》中的经典场景，原章回名为“滴翠亭杨妃戏彩蝶，埋香冢飞燕泣残红”，其中“杨妃”说的便是薛宝钗，该章回描述了她在滴翠亭捕捉蝴蝶的情景。

蝴蝶的别名

花贼、玉腰奴、胡蝶。

仔细观察左图，找一找蝴蝶都在哪儿。

宋·徐崇矩（传）·仕女扑蝶图

仕女拿着一柄扇子，顺着她的视线望去，是一只翩翩起舞的蝴蝶，而她正与蝴蝶嬉舞。

清·胡湄·鹦鹉戏蝶图

和煦的阳光下，两只蝴蝶追逐着飘落的梨花，此时一只站在铜架上的鹦鹉突然倒挂下来，扑向蝴蝶。

明·佚名·戏蝶图

少女举起扇子，正在扑蝴蝶。

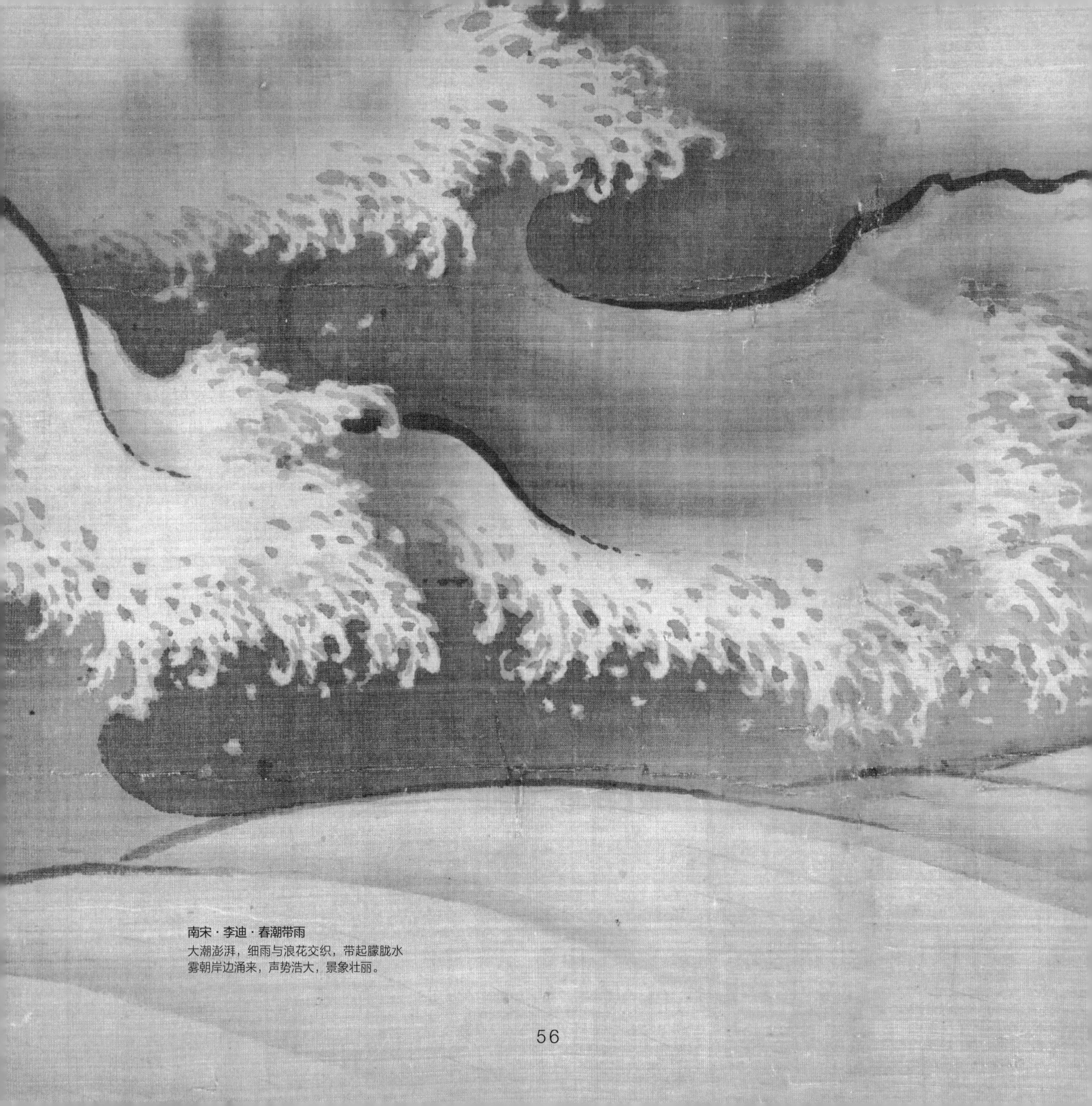

南宋·李迪·春潮带雨

大潮澎湃，细雨与浪花交织，带起朦胧水雾朝岸边涌来，声势浩大，景象壮丽。

酒泉子

［北宋］潘阆（làng）

长忆观潮，满郭人争江上望。来疑沧海尽成空。

万面鼓声中。

弄潮儿向涛头立。手把红旗旗不湿。别来几向

梦中看。梦觉尚心寒。

注释

酒泉子：词牌名。 **长：**同“常”，经常。 **郭：**外城，这里指外城以内的范围。 **万面鼓声中：**指潮声像万面鼓同时敲响，声势震人。 **弄潮儿：**指在潮中戏水的少年人。 **向：**朝着，面对。 **觉：**睡醒。 **尚：**仍然。 **心寒：**心惊胆战。

译文

常常记起在钱塘江观潮，满城百姓都争着往江边望去。

潮水涌来时，仿佛大海都已经空了。潮声像万面鼓同时敲响，声势震人。

弄潮的少年站在波涛上，手中红旗还没被水打湿。

后来几次都梦到观潮的景象，梦醒时仍觉得心惊胆战。

弄潮

弄潮是在潮头搏浪嬉戏的竞技游戏，类似今天的冲浪运动。春秋时期，就有弄潮的风俗。

钱塘江观潮

钱塘江大潮被誉为“天下第一潮”。南宋定都杭州后，农历八月十八观潮随之成了固定习俗。观潮时，人们会举行各种活动，诗中的弄潮便是其中重要的活动之一。

胜利者的待遇

赢了的弄潮儿，会得到钱财赏赐，插花披红，人们吹奏鼓乐，将其拥入城中，威风八面。

弄潮的玩法

涨潮时，弄潮儿手举旗子，踩着浪木，跃入江中，然后迎着水浪做各种动作和表演。若旗尾不沾水，便算得上技艺高超。

弄潮的风险

弄潮是件危险的事情，稍有不慎就会被浪潮吞没。正因为如此，北宋蔡襄出任杭州知府时，还在禁令《戒约弄潮文》中提到，“军人百姓，辄(zhé)敢弄潮，必行科罚”，但屡禁不止。

元 · 盛懋 · 水边高士图

一名隐士斜卧水边，坐看江水浩瀚、波光粼粼。

宋 · 黄筌 · 雪竹文禽图

两株杨柳斜倚在巨石上，柳树上站着四只小鸟，柳枝垂向江面。而在寒冷的江面上，一对水鸭正彼此依偎。

宋 · 李嵩 · 月夜看潮图

中秋夜里，人们在楼阁上观看钱塘江海潮。

判断左边哪个是弄潮运动的季节。

破阵子·春景

［北宋］晏殊

燕子来时新社，梨花落后清明。池上碧苔三四点，

叶底黄鹂一两声。日长飞絮轻。

巧笑东邻女伴，采桑径里逢迎。疑怪昨宵春梦好，

元是今朝斗草赢。笑从双脸生。

注释

破阵子：词牌名。 **新社：**即春社，古代为祈求丰收而祭祀土地神的日子，时间在立春之后，清明之前。 **碧苔：**碧绿的苔草，草本植物。

飞絮：飞扬的柳絮。 **巧笑：**美好的笑容。 **逢迎：**相逢。 **疑怪：**诧异、奇怪。 **元是：**原来是。 **斗草：**游戏，又叫“斗百草”。

译文

燕子飞回正是春社祭祀之时，梨花谢后又迎来了清明。三四片碧绿的苔草点缀着池水，叶下的黄鹂偶尔叫出两句歌声。白昼越来越漫长，柳絮飞舞轻盈。

东邻的女伴笑颜如花，我们在采桑路上相逢。怪不得昨夜我做了美梦，原来是预示我今天早上玩斗草游戏得胜，双颊情不自禁绽放出美丽的笑容。

清·金廷标·儿童斗草图

端午节儿童正在斗草，有的以采得的花草比赛作对，这叫文斗；有的将草茎相勾拉拽，这是武斗。

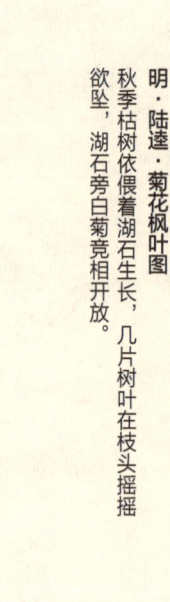

斗草

又称“斗百草”，是中国民间流行的一种游戏，是端午节的一种民俗活动，最早的记载见于魏晋南北朝时期。每年端午节人们外出采艾叶等草药，回来插于门上祛(qū)毒辟邪，剩余花草往往用来比赛。唐朝后，斗百草逐渐成为妇女和孩童的游戏。

文斗玩法

众人采到花草后聚在一起，一人报出自己的花草名，其他人各取手中的花草，以对仗的形式对答（如“铃儿草”对“鼓子花”）。若别人报出名字后有人答不上来，那人就输了。一般来说，文斗的玩法比较适合具备一定花草知识的人。

武斗玩法

只要有草和两个及以上的人便可进行。玩时每人两手各持花草茎的一端，使双方的草茎交叉，然后互相拉扯，谁的草茎被拉断，谁就输了。武斗比较流行于儿童之间。

明·陆逵·菊花枫叶图
秋季枯树依偎着湖石生长，几片树叶在枝头摇摇欲坠，湖石旁白菊竞相开放。

左边哪幅图中的花草可以在端午节用来斗草？

宋·马麟·梅花小禽图

一枝老梅上，朵朵白梅盛放，小鸟停在细枝上，正聚精会神地盯着树枝。

清·郎世宁·午瑞图

端午佳节，青瓷瓶里插着蒲草叶、石榴花和蜀葵花，一旁的托盘里摆放着李子和樱桃，旁边散落着几个粽子。

正月五日以送伴借官侍宴集英殿十口号·其九

［南宋］杨万里

广场妙戏斗程材，未得天颜一笑开。

角觝罢时还罢宴，卷班出殿戴花回。

注释

妙戏： 美妙的表演。 **程材：** 即“程才”，呈现才能。

天颜： 天子的容颜。 **角觝：** 即角抵，摔跤运动。 **罢：** 结束。

卷班： 宋元时朝拜皇帝时的一种制度，指朝见后官员们随本班班首顺次后转退出。 **戴花：** 宋朝时，朝廷百官巾帽上都以簪花作为头饰。

译文

广场上演着美妙的表演，人们竞相呈现自己的才能，也未使殿上的皇帝一展笑颜。

角抵结束后，宴会也相继结束，头戴簪花的大臣依次退出宫殿。

唐·李思训·耕渔图
人们趁着空闲的时间，聚在一处茶馆休息。茶馆中间两人正在摔跤，人们被精彩的比赛吸引，将院子围得水泄不通。

角抵

角抵是古代一种两人角力的活动，类似现在的摔跤和相扑。最初是军队的作战训练方法，后来演化成了娱乐活动。

角抵的名称变化

远古时期：蚩(chī)尤戏。源于黄帝和蚩尤大战中，蚩尤部落的人头上戴尖状物，以角抵人。

晋代：相扑。

唐代：相扑、角抵两名称并行。

宋代：相扑。

明代之后：摔跤。

女子相扑

女子相扑源于三国时期的吴国，当时的吴国末代皇帝孙皓(hào)，为了让宫中女子排遣时光，举行了相扑运动。

北宋时期，女子相扑盛行，当时坊间出现了赛关索、嚣(xiāo)三娘、黑四姐等女相扑高手，被称为“女飚(biāo)”。《水浒全传》中的段三娘，就擅长相扑。宋仁宗还曾因爱看女子相扑而被司马光上书劝谏。

明·仇英·清明上河图

明代著名画家仇英以『清明上河』为题材，绘制的明代苏州城。

左图是明代仇英所画的《清明上河图》局部，请找出画中正在摔跤的人。

明·佚名·朱瞻基行乐图卷

远处骑马而来的选手，手持马球杆，将小球打飞，明宣宗朱瞻基被选手精湛的球技吸引，目不转睛地看着比赛。

打毬(qiú)作

［唐］鱼玄机

坚圆净滑一星流，月杖争敲未拟休。
无滞碍时从拨弄，有遮栏处任钩留。
不辞宛转长随手，却恐相将不到头。
毕竟入门应始了，愿君争取最前筹。

注释

毬：即球，这里为木球。 **星流：**指木球飞速如流星。 **月杖：**击球之杆。 **从：**听从，任凭。 **拨弄：**击球。 **钩留：**逗留。这里形容打不中球。 **宛转：**辗转曲折。这里指球被击打得左右乱转。 **相将：**带领着木球，这里指击球者用球杆击球，将球控制在自己手边。 **门：**球门。 **最前筹：**最先得胜，争第一。

译文

坚固圆润的木球被击打得像一颗飞速的流星，大家争先恐后地用球杆击球，都不愿停下。

无阻碍时，木球任凭你击打，有阻碍时，怎么也打不中木球。

木球被球杆击打得左右乱转，随手而出，只是害怕木球不能射门而入。

可是只有木球被打进了球门，球赛才算结束，只希望你争取拿到球赛第一名。

马球

马球指骑在马上，用马球杆击球入门的一种体育活动。此活动在汉代就已经出现，盛行于唐宋。

马球的别称

打毬、击毬、击鞠。

喜欢马球的唐代皇帝

唐玄宗：喜欢打马球，专门设置了马球馆，还将马球定为军队训练项目之一。

唐敬宗：喜欢打马球，在宫中举办马球盛会，让宫人和官员骑着驴打马球，折腾到半夜才肯罢休。

唐僖宗：迷恋打马球，曾用打马球赌输赢的办法决定外放官员的任职地区。这就是唐末“击球赌三川”的故事。

马球的玩法

人员分两队，分别骑在马上，队员一手持缰绳，一手持球杖。比赛开始后，双方队员策马奔跑，用球杖争夺马球，可给对方设置障碍。球落到半空处，可左右挥击，将球打入球门次数多者为胜。

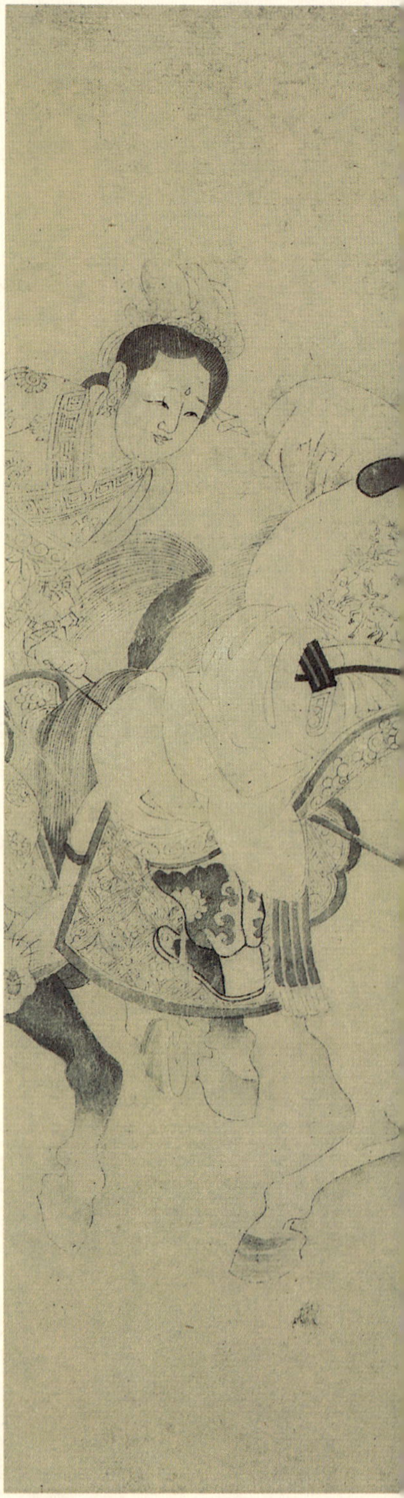

宋·佚名·明皇击球图

唐玄宗等人正进行击球比赛。

左边是《明皇击球图》，有胡须者便是唐明皇李隆基。画中正是比赛的关键时刻，仔细观察他们的目光，寻找马球的位置。

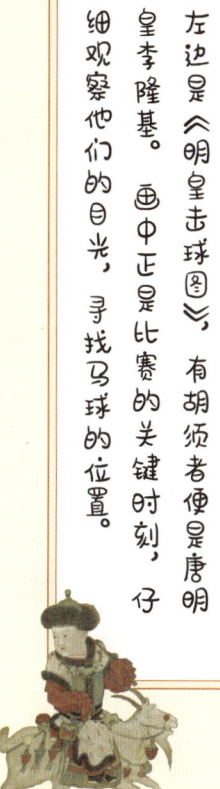

能画

［唐］杜甫

能画毛延寿，投壶郭舍人。

每蒙天一笑，复似物皆春。

政化平如水，皇恩断若神。

时时用抵戏，亦未杂风尘。

注释

毛延寿：汉元帝时的宫廷画家。 **投壶：**古代投掷游戏。 **郭舍人：**汉武帝的倡优，擅长投壶。 **每蒙天一笑：**借用东王公投壶，天为之笑的典故。这里指皇帝为之笑。 **政化平如水：**指政治教化大行，社会安定。 **抵戏：**即角抵，类似现代摔跤、相扑，是一种娱乐表演活动。 **风尘：**比喻社会动荡纷乱。

译文

毛延寿很擅长作画，郭舍人是投壶行家。

郭舍人投壶使皇帝笑如花，毛延寿作画好似回到了美好的春景。

若是国家社会安定，皇恩浩荡又断事如神。

即便常常观看角抵戏来消遣，国家社会也从未动荡纷乱。

明·佚名·朱瞻基行乐图卷

明宣宗朱瞻基坐在院中，面露喜色，正高兴地玩着投壶游戏，周围的侍卫也面带微笑。

投壶

投壶是古代宴饮时的一种投掷游戏，由射箭礼仪发展而来，在战国时期就已流行，唐宋时盛行。

投壶的术语

司射：投壶礼的具体指挥者。

有初：第一箭入壶。

连中：第二箭也投入壶中。

贯耳：箭投入壶耳。

散箭：第一箭没中，第二箭命中。

全壶：全部投入壶中。

有终：最后一箭投入壶中。

骁(xiāo)箭：箭投入壶中，反弹出来再次进入壶中。

“算”与“不算”

古代投壶，参与者每投进一箭，司射便给投中者放上一个竹木片，此木片称作“算”，是用来计算投中数目的工具。若有谁抢投，即便投中也不给“算”，这就是“不算”一词的来历。

投壶的玩法

双方各拿四支箭，轮流往壶里投。不得抢投和连续投，投中多者胜。

五代·周文矩·重屏会棋图

四位男子在棋桌前对弈，他们有的专注观赛，有的举棋不定，有的催促下棋。

左边是《重屏会棋图》，仔细观察，找出其中投壶的工具。

无题二首·其一

［唐］李商隐

昨夜星辰昨夜风，画楼西畔桂堂东。
身无彩凤双飞翼，心有灵犀一点通。
隔座送钩春酒暖，分曹射覆蜡灯红。
嗟(jiē)余听鼓应官去，走马兰台类转蓬。

注释

桂堂：华美的厅堂。 **灵犀：**比喻相爱的双方心灵相通。 **隔座送钩：**一队拿一钩藏在一人手内，隔座传送，使另一队人猜钩所在。 **分曹：**分组。 **射覆：**在覆器下放置东西令人猜。 **嗟：**感叹词。 **听鼓应官：**到官府上班，古代官府卯刻击鼓上班，午刻击鼓下班。 **走马：**骑马，策马。 **兰台：**秘书省的别称。当时李商隐任秘书省校书郎。 **类转蓬：**指飘零如蓬草。

译文

昨夜星光璀璨，昨夜凉风习习，在那画楼西畔和桂堂的东边。
身上虽然没有彩凤飞舞的双翅，彼此的内心却像灵犀那样心灵相通。
隔着座位送钩，喝着春酒温暖身体，分着小组玩射覆游戏，蜡烛的烛火分外红艳。
我听到鼓声该去官府工作了，策马去兰台就像蓬草飘零，奔波不息。

清·佚名·升平乐事图册
孩童与妇女坐在楼阁里赏春，河对岸是一盏巨大的花灯，岸边的孩童聚在花灯边玩耍。

射覆

中国民间类似占卜术的猜物游戏，后演化成酒令游戏。游戏时，在瓯(ōu)、盂(yú)等器具下覆盖某一物件，让他人猜测。

另外，射覆属于易学预测中的一种形式，集表演、卦术与趣味于一体，测者可根据器物的一些线索进行预测。汉代的东方朔就是射覆高手。

藏钩的来历

藏钩类似射覆，起源于汉朝。相传汉武帝的钩弋(yì)夫人生下来就两手攥(zuàn)拳，汉武帝使其双手伸展，手中出现一小钩，遂号“钩弋夫人”。后来人们纷纷效仿攥拳姿势，称为藏钩，后演变为酒宴游戏。

藏钩的玩法

游戏分两组，人数为偶数，则平分两组；人数为奇(jī)数，则让一人作为游戏依附者，可任选一组依附，称为“飞鸟”。

游戏时，先由一组人“藏钩”，将小钩或其他小物件，偷偷来回传递，最后藏在一人手中，然后大家同时攥拳伸出，再由另一组人猜“钩”在谁的哪只手上，猜中则胜。

明·戴进·太平乐事图

描绘了平安祥和的明代社会。

仔细观察各图中桌子上的小物件，看看哪些适合用来做射覆或藏钩游戏的工具。

正月十五夜

［唐］苏味道

火树银花合，星桥铁锁开。

暗尘随马去，明月逐人来。

游伎皆秾（nóng）李，行歌尽落梅。

金吾不禁夜，玉漏莫相催。

注释

火树银花：指树上挂满了灯彩，颜色绚烂。形容元宵节夜景灯光灿烂的情景。

星桥：相传秦朝李冰入蜀治水时，修筑了七座桥对应天上七星，称为“七星桥”。这里比喻长安护城河上的桥。 **暗尘：**暗中飞扬的尘土。 **逐人来：**追随人流而来。

游伎：歌女、舞女。 **秾李：**指歌伎打扮得艳若桃李。 **落梅：**曲调名。 **金吾：**指掌管京城戒备，禁人夜行的官名。 **不禁夜：**指取消宵禁。 **玉漏：**即滴漏，古代用玉做的计时器皿。

译文

街边树上挂满了灯彩，颜色绚烂连成一片，桥上的铁索已经打开，任由百姓通行。马车驶过，掀起灰尘，明月当空，似乎也是追随人流而来。歌女们都浓妆艳抹，边走边唱歌曲《梅花落》。禁卫军已经取消了宵禁，计时的玉漏啊，请不要再催促我了。

清·董诰·高宗御笔甲午雪后即事成咏诗

雪后的庭院中，孩子们嬉戏，屋中主人与宾客对饮，老人孩童欢聚一堂，欢庆春节。屋后种植着松、竹、梅岁寒三友，庭前茶梅盛开。

猜灯谜

猜灯谜是一种民俗娱乐形式，是古代元宵节的特色活动。

灯谜三要素

三要素：谜面、谜目、谜底。

谜面是告诉猜谜者的条件，谜目是答案所属范围，谜底是答案。

例如：山水甲天下，猜一地名，答案是汕头。其中，“山水甲天下”为谜面，“地名”为谜目，“汕头”是谜底。

千年字谜——曹娥碑

曹娥碑是东汉年间人们为纪念曹娥的孝行而立的石碑，由邯郸淳作碑文。蔡邕(yōng)曾在碑阴题字：黄绢幼妇，外孙齑臼(jī jiù)。

三国时，此谜被杨修解开。拆解如下：

黄绢：即有颜色的丝绸，为“绝”字。

幼妇：即少女，为“妙”字。

外孙：即“女之子”，为“好”字。

齑臼：齑是辛辣调料，臼是捣舂(chōng)器具，即接受辛料的器皿，“受”旁加“辛”为“辞”的异体字。

因此，谜底便是：绝妙好辞。

清·余省·种秋花图

天高气爽的秋季，孩童们在夫子的监督下种秋花，二人一边培土，一边闲谈。

清·姚文瀚·岁朝欢庆图

春节来临，一户人家欢庆佳节的场景。大人小孩在园林中穿梭往来。大人们正为新年忙碌，孩子们吹笙、敲锣、放炮仗，热闹极了。

判断左图所属的季节，哪个可能有猜灯谜的活动？

清·张为邦、姚文瀚·冰嬉图

画中乾隆皇帝与大臣阅视冰嬉，中间的参与者沿着如龙纹的螺旋线条在冰面上滑行，展示的是“转龙射球”。

鹧鸪天·十月天寒木叶稀

［清］奕绘

十月天寒木叶稀，江干老柳独依依。

莺簧燕剪归何处，大柚红柑此一时。

枝矗矗，雪霏霏。冰床稳曳看冰嬉。

平生故习难忘甚，梦到阴山雪打围。

注释

依依： 指树枝柔弱，随风摇摆。 **莺簧：** 指黄莺鸟的啼鸣，如笙簧奏乐般优美动听。 **燕剪：** 本意是似剪刀的燕子尾巴，这里指燕子动作轻盈优美。 **矗矗：** 形容重叠的样子。 **霏霏：** 形容雨、云、雪、烟，浓密而盛大。 **冰床：** 一种中国古代的冰上交通工具，因形状似床板而得名。 **冰嬉：** 中国古代北方人民的冰上娱乐活动。 **打围：** 指许多人从四面八方围捕野兽。

译文

十月过后，天气变得寒冷，树木的叶子也快掉光了，显得稀稀疏疏的。

一棵老柳树独自立在江畔，随风摇摆。

啼鸣动听的黄莺鸟和身姿轻盈的燕子，又回到哪里去了呢？此时正是柚子与红柑成熟的季节。

树枝相互重叠遮掩，雪下得又大又密。我坐在冰床上，稳稳地驶过冰面，看着人们滑冰嬉戏。

我难以忘记旧时的习俗，连做梦也梦到了曾在阴山围猎野兽的场景。

冰嬉

冰嬉，也叫冰戏，是中国古代对所有冰上娱乐活动的总称。

冰嬉的来历

“冰嬉”最早可追溯到隋唐时期。早在宋代就有皇帝在宫中观看冰嬉的记录了。清太祖努尔哈赤的大将费古烈率兵东征，以滑冰疾行七百里，帮助军队取得关键战争的胜利。清朝建立后，皇帝仍保留了训练军队滑冰的习俗，每到冬季还会举办冰嬉大会，发放许多奖励，以激励士兵磨炼冰技。到了乾隆时期，冰嬉大会不仅新增了许多冰上运动，而且完善了各种赛程规则，使得冰嬉大会成为规模宏大的冬季盛典。与此同时，冰嬉也走向了民间，成为普通人的冬季娱乐盛会。

冰嬉有什么运动?

冰床：类似雪橇，由人力或畜力拉动。

抢球：参与者分为两队，在冰面上踢球。

抢等：类似速度滑冰，参与者穿冰鞋，听爆竹为令，从起点滑向终点，以速度取胜。

转龙射球：人们沿着如龙纹的螺旋线条在冰面上滑行，冰场上设置旌门，旌门上挂一球，滑过旌门时射箭击球。

找一找，左边哪幅图描绘的是冰嬉？说一说，画中属于冰嬉的什么运动呢？

清·佚名·民间生活图册

清·佚名·民间生活图册

清·张为邦、姚文瀚·冰嬉图

画中乾隆皇帝与大臣阅视冰嬉，中间的参与者沿着如龙纹的螺旋线条在冰面上滑行，展示的是『转龙射球』。

清·张为邦、姚文瀚·冰嬉图

答案

P7

六博

P11

P15

P19

P23

P27

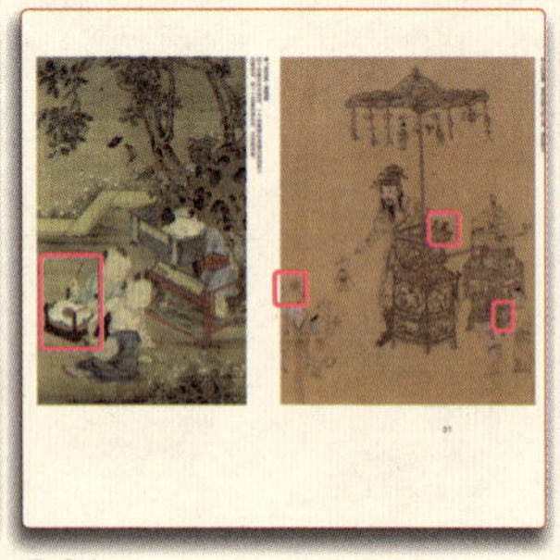
P31

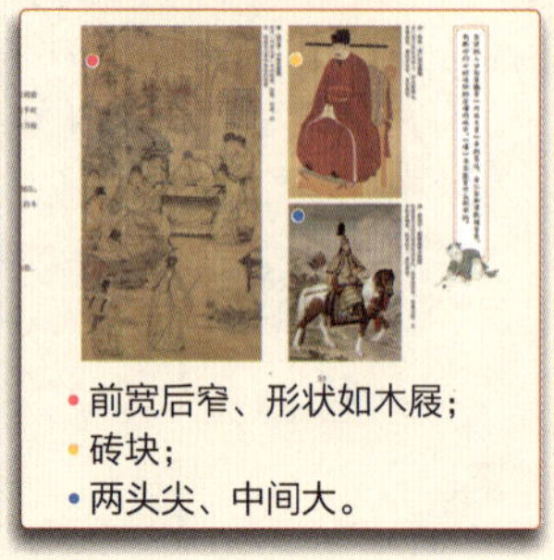

前宽后窄、形状如木屐；
砖块；
两头尖、中间大。

P35

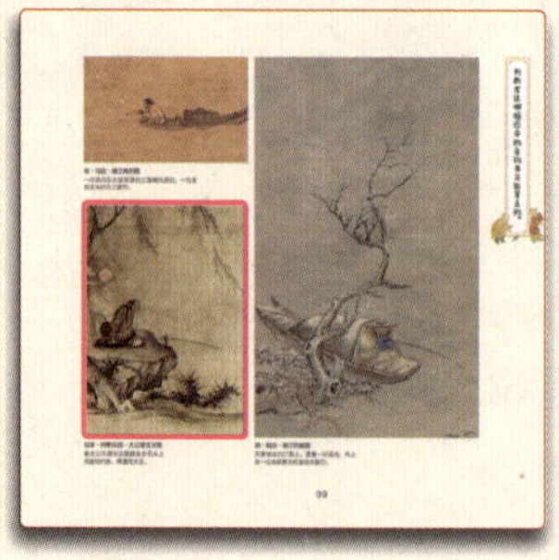
P39

P43

P47

白打

P51

P55

P59

P63

P67

P71

P75

P79

P83

转龙射球

P87

古诗词里的博物学

虫鸟啾啾

李山 主编
文小通 著

光明日报出版社

图书在版编目（CIP）数据

古诗词里的博物学 . 虫鸟啾啾 / 文小通著 . -- 北京 : 光明日报出版社 , 2024.1
ISBN 978-7-5194-7724-0

Ⅰ . ①古… Ⅱ . ①文… Ⅲ . ①古典诗歌 – 诗歌欣赏 – 中国 – 少儿读物②动物 – 少儿读物 Ⅳ . ① I207.2-49 ② Q95-49

中国国家版本馆 CIP 数据核字 (2024) 第 031973 号

目录

元·钱选·草虫图

又叫《荷塘早秋图》。画中描绘的是荷塘秋景，绘有蜻蜓、蝴蝶、蚱蜢、蝉等，各具姿态，自然生动。

注：全书所选图片多为局部，不一一列举。

蝉

［唐］虞(yú)世南

垂緌(ruí)饮清露，流响出疏桐。

居高声自远，非是藉(jiè)秋风。

注释

垂緌： 古代官帽打结下垂的部分，这里指蝉头部的触须下垂的样子。

清露： 纯净的露水。 **流响：** 发出声响。 **疏桐：** 稀疏的梧桐。 **藉：** 凭借。

译文

蝉的触须向下低垂，喝着纯净的露水，稀疏的梧桐树上，发出清脆的蝉鸣声响。

正是因为蝉停在高高的树枝上，蝉鸣才传得更远，并不是光凭借秋风才传向远方。

清·蒋溥·兰石图
兰花开在巨石之下，蚱蜢在石上休憩，一丛牡丹从石后怒放而出。

“饮清露”的蝉

蝉蛹蛰(zhé)伏地下几年，破土而出后爬到树上，继而羽化。每当口渴饥饿之际，蝉就会用口器插入树干吮吸汁液，即诗人所说的“饮清露”。

每只蝉都会发出叫声吗？

只有雄蝉会鸣叫，它的发声器官在腹基部，像一面大鼓，受到振动就发出响声。雌蝉的发声器官构造不完全，不能发声，所以又叫“哑巴蝉”。

蝉在古代的象征

古人认为蝉餐风饮露，所以把它视为品行高洁的象征。

文人们的“咏蝉诗词”

骆宾王：露重飞难进，风多响易沉。

王维：倚杖柴门外，临风听暮蝉。

李商隐：本以高难饱，徒劳恨费声。

罗隐：风栖露饱今如此，应忘当年滓(zǐ)浊时。

辛弃疾：明月别枝惊鹊，清风半夜鸣蝉。

仔细观察左边三幅图，判断哪幅图所属的季节有可能见到『金蝉脱壳』的场面。

清·佚名·无名氏画荷花缂丝轴

几株盛放的荷花从侧边伸出，姿态万千，两只燕子在花间嬉戏，岸边的两只白鹭闲适地梳理羽毛。

元·佚名·冬景戏婴图轴

四位孩童嬉戏，一童骑羊前行，三童扮演胡人，分别捧佛像、撑伞盖、持梅花跟随其后。院中梅花盛开，正值新年伊始，三羊相护，寓意『三羊开泰』。

明·陈栝·献岁祥霙轴

描绘了蜡梅、水仙、茶花、文禽，山石雪景。

清·费丹旭·十二金钗图

画中的女子神态温雅，衣着华贵，行走在宫苑之间，描绘的是贾元春。

秋夕

［唐］杜牧

银烛秋光冷画屏，轻罗小扇扑流萤。

天阶夜色凉如水，卧看牵牛织女星。

注释

秋夕：秋天的晚上。 **银烛：**银色的精美蜡烛。 **画屏：**画有图案的屏风。 **轻罗小扇：**材质轻巧的丝织团扇。 **流萤：**飞舞的萤火虫。 **天阶：**露天石阶。 **牵牛织女星：**牵牛星和织女星。

译文

银色的蜡烛闪动着烛光，照在画屏上增添了一丝清冷。宫中的妇人手持轻巧的团扇，轻轻地扑打飞舞的萤火虫。

夜色下的石阶如水般清凉，宫中的妇人躺在石阶上，仰望天上的牵牛星和织女星。

萤火虫为什么能发光?

蛍火虫的尾部有一个发光囊，囊内含有荧光素和荧光素酶(méi)，它们与空气中的氧气发生反应，就会发出荧光。

萤火虫的光是热的吗?

萤火虫发光时，几乎不产生热量，它产生的光被称为“冷光”。因此，当我们把萤火虫放在手上时，也不会感觉烫手。

腐草为萤

因为萤火虫一般在水边的草丛处活动，因此，古人以为萤火虫是腐草变成的，所以就有了“腐草为萤”的说法。

囊(náng)萤夜读

东晋有一个叫车胤(yìn)的人，自幼勤奋，喜爱读书，可是他家境贫寒，没有钱买灯油。于是，在夏天的时候，车胤就捕捉几十只萤火虫，放进手绢里，借着萤火虫发出来的光，他才得以在晚上看书。这就是“囊萤夜读”的故事。

判断左边哪幅图中人物的行为，与诗中扑萤火虫的方法一样。

宋·佚名·扑枣图

院角枣树硕果累累，一位孩童踏着木凳攀树采摘，树枝颤动，果实落了一地。树下的孩童，有的头顶着圆簸箕，有的拿着盘子捡拾，有的抱着玉碗，有的牵起衣角聚枣于怀中。

明·周臣·闲看儿童捉柳花

暮春之时，在柳荫庭院中，一老翁闲适地在院中旁观，三位孩童在春风中追逐柳絮。

宋·徐崇矩（传）·仕女扑蝶图

仕女肤如凝脂，蛾眉螓首，身穿华贵服饰，手中的轻罗小扇向下扇动，惊走身前的蝴蝶。

明·杜大成·花蝶草虫册
一处乡野草丛，四只蟋蟀在草丛间嬉戏。

夜书所见

[南宋] 叶绍翁

萧萧梧叶送寒声，江上秋风动客情。

知有儿童挑促织，夜深篱落一灯明。

注释

萧萧： 指风声。 **梧叶：** 梧桐树叶。 **客情：** 旅客思乡之情。

知： 料想。 **挑：** 挑弄。 **促织：** 即蟋蟀，又叫蛐蛐。 **篱落：** 篱笆。

译文

萧萧的秋风吹动梧桐树叶，带来的寒意格外清冷，勾起旅客思乡之情。

虽然已是深夜，但是远处的篱笆下灯火闪烁，料想是院中孩童正在捉蟋蟀吧。

蟋蟀的叫声不是嘴发出的？

蟋蟀是利用翅膀发声的。在蟋蟀右边的翅膀上，长有像锉(cuò)一样的短刺，左边的翅膀上，长有像刀一样的硬棘(jí)。蟋蟀振动翅膀时，左右一张一合，相互摩擦，就可以发出悦耳的声响。不过，只有雄性蟋蟀才会发出声音。

蛐蛐、蝈蝈(guō guo)和蟋蟀的区别

种类：蛐蛐属于蟋蟀的一种，蝈蝈则是另一种大型鸣虫。

颜色：蝈蝈一般是草绿色，不发亮；蛐蛐为黄褐色或黑褐色，油光发亮。

体形：蝈蝈类似蚂蚱，比蛐蛐大。

叫声：蝈蝈的叫声响亮，持续性强；蛐蛐的叫声是小而尖的。

有害程度：蝈蝈是益虫，是捕捉田间害虫的能手；蛐蛐大多是害虫，以作物的根、茎、叶、果实为食。

斗蟋蟀

斗蟋蟀是古代的一种博戏，主要在蟋蟀活跃的秋季进行。斗蟋蟀产生于唐代，盛行于宋代。比赛时，双方将各自的雄蟋蟀放入同一个陶瓷罐，两只蟋蟀便开始作战，先是振翅鸣叫，以壮威势，再用各种攻击的动作扑杀，将对方打败。

判断左边哪幅图有可能是在斗蟋蟀。

明·佚名·朱瞻基斗鹌鹑图

明宣宗居中而坐，神情专注，面前的长桌上两位侍从正在斗弄鹌鹑，旁边的侍从捧着备用的鹌鹑。

宋·李嵩（传）·明皇斗鸡图

唐明皇身穿华服，骑着白马，脚下两只斗鸡引颈收翅，相互凝望，蓄势待发，引人驻足。连端着美食的侍卫，也停下观望。

宋·苏汉臣（传）·秋庭戏婴图轴

三位孩童相聚于树下，其中红衣孩童手持细棒斗促织，旁边两位孩童有些害怕，但又不舍离去。

明 · 唐寅 · 鸡图

一只雄鸡立于秋菊之下，嘴巴微张，似乎准备啼叫。

明·林达·花卉翎毛
一丛茂盛的剪秋罗花下，两只小雏鸡正在嬉戏。

画鸡

yín
[明]唐寅

头上红冠不用裁，满身雪白走将来。
平生不敢轻言语，一叫千门万户开。

注释

裁：裁剪。 **平生：**平常。 **轻：**随意，随便。
言语：啼叫。 **一：**一旦。 **千门万户：**家家户户。

译文

头上戴的红冠，不用特意裁剪，浑身羽毛雪白，气宇轩昂地走来。
平常不会随意啼叫，一旦啼叫，家家户户都会将门打开。

母鸡也能打鸣吗?

母鸡体内左侧有一个发达的卵巢，右侧有一个很不发达的性腺(xiàn)。发育正常时，卵巢会阻止性腺的发育。但如果卵巢受到损害，性腺就失去抑制而发育起来，母鸡就会逐渐长出跟公鸡一样鲜艳的羽毛和红冠，也会像公鸡一样打鸣。

鸡的象征意义

鸡每天啼叫报时，故有守时、诚信的象征意义；鸡还象征着勇敢善斗，古代就有斗鸡的娱乐活动；“鸡”与“吉”谐音，所以鸡被赋予吉祥美好的寓意；鸡鸣后日出，所以古人认为鸡能带来光明，因此，鸡也有光明与希望的寓意。

金鸡赦(shè)

古代帝王大赦天下，有时会采用“金鸡赦”的形式，即立一长杆，在杆头放置一只黄金做的鸡，口衔绛幡(jiàng fān)，宣布诏令。

跟鸡有关的诗词

颜真卿：三更灯火五更鸡，正是男儿读书时。

李白：半壁见海日，空中闻天鸡。

温庭筠(yún)：鸡声茅店月，人迹板桥霜。

苏轼：门前流水尚能西！休将白发唱黄鸡。

鸡的别名

钻篱菜、窗禽、长鸣都尉、戴冠郎、兑禽、司晨、时夜。

判断一下唐寅歌颂的是左边各图中的哪只鸡。

清·佚名·富贵吉庆图

在一丛七色牡丹花下，两只大鸡带着七只小鸡觅食。

明·佚名·鸡图

在一株盛放的萱花旁，一雌一雄两只大鸡，带着三只小鸡觅食。

元·佚名·花下将雏图

牡丹竹石间，公鸡带领小鸡觅食。小鸡或啄食草地上，或藏躲母鸡之翼下。

惠崇春江晚景

shì
［北宋］苏轼

竹外桃花三两枝，春江水暖鸭先知。
lóu hāo　　　　　　　　　　tún
蒌蒿满地芦芽短，正是河豚欲上时。

注释

惠崇：北宋僧人。 **春江晚景：**惠崇所作的画《春江晚景》。 **蒌蒿：**草名，有青蒿、白蒿等种类。 **芦芽：**芦苇的幼芽。 **河豚：**鱼的一种，学名“鲀(tún)”，肉味鲜美，但卵巢和肝脏有剧毒。 **上：**逆江而上。

译文

竹林外两三枝桃花盛开，戏水的鸭子最先感受到春天江水变暖。

河岸长满了蒌蒿草，芦苇也发出了嫩芽儿，这正是河豚逆流回江的时候。

明·佚名·仿徽宗水中鸭图
水鸭凫水嬉戏，岸边水草悬于水面。

鸭子走路为什么摇摇摆摆的?

鸭子的双脚长在身体中间偏后的位置，这有助于它在水里能够快速灵活地游泳。但是在岸上，为了保持身体平衡，鸭子必须将重心后移到双脚，所以鸭子走路时总是身体后倾，看起来摇摇摆摆的。

鸭子在古代的象征和寓意

古代科举考中进士后，有一甲、二甲、三甲之分，“鸭”与“甲”谐音，古人以“鸭”象征科甲。在读书人进京赶考时，人们会送鸭子或者带鸭子纹样的东西，寓意赶考人前程远大。

送图画，大讲究

古代送图画时，纹样很讲究，如画螽(zhōng)斯绕着瓜蔓飞舞，寓意“瓜瓞(dié)绵绵”，是恭祝子孙昌盛的意思；画钟馗(kuí)手持如意，旁边小鬼拿着柏枝和柿子，寓意“百事如意”；蝙蝠也有“福字当头”，预祝平安的寓意。

仔细观察左边三幅图，判断一下每幅图分别适合送给什么人。

宋·佚名·乳鸭图

一只乳鸭正梳理绒毛，路旁是几株车前草、刀茅。

宋·韩祐·螽斯绵瓞图

瓜田中，瓜叶生长茂盛，瓜蔓绵延生长，结出果实，两只螽斯在田间觅食。螽斯繁衍能力强，而瓞的瓜蔓蔓延，能不断结出果实，寓意多子多孙。

明·朱见深·岁朝佳兆图

钟馗目光犀利，盯着飞来的蝙蝠，他一手持玉如意，一手靠着小鬼的肩膀。小鬼举着托盘，盘中是柏枝与柿子，寓意着『百事如意』。

元·钱选·兰亭观鹅图

近处树林茂密，竹林苍翠，楼台亭榭掩映其中，王羲之凭栏眺望，水上有两只白鹅嬉戏，远处山脉绵延，屋舍隐藏在薄雾笼罩的树林中。

咏鹅

［唐］骆宾王

鹅，鹅，鹅，曲项向天歌。

白毛浮绿水，红掌拨清波。

注释 **曲项:** 弯着脖子。 **歌:** 长鸣。 **拨:** 划动。

译文 水中一群鹅弯着长脖，仰头向着蓝天在唱歌。

白羽毛漂浮在绿水面，红脚掌划动着清水波。

千里送鹅毛

唐朝贞观年间，回纥(hé)派遣使者缅(miǎn)伯高进贡一只天鹅。路上，缅伯高不慎让天鹅飞走，只留下满地鹅毛。缅伯高怕唐太宗怪罪，情急之下，用手帕包好鹅毛，并在其上写了一首诗，其中两句为：“礼轻人意重，千里送鹅毛。”唐太宗见到鹅毛诗后，非常感动，重重赏赐了缅伯高。

人们也用“千里送鹅毛”比喻礼物虽然微薄，却含有深厚的情谊。

爱情与婚姻的象征

古人认为鸿雁是感情忠贞之鸟，因此便有了送聘雁的婚俗，代表对新人的祝福。可是古代鸿雁不易获取，于是人们就用鹅来代替雁。鹅谐音“我”，送鹅暗含“送我”之意，因此，鹅成为爱情和婚姻的象征。

王羲(xī)之爱鹅

东晋书法家王羲之非常喜欢鹅。一次他外出游玩，看到一群漂亮的白鹅就想买下。打听到鹅是附近一个道士所养，他就找道士商量买鹅。道士要求王羲之为他抄写一部《道德经》，才将鹅赠送，王羲之欣然答应，最后得到了鹅。

好玩的“鹅”字

“鹅”字，是唯一能够上下左右变换构件位置而不改变原意的汉字。它的字形分别有鹅、䳘(é)、鵞(é)、𪀚(é)。

判断左边哪种动物可能会出现在古代婚礼上。

清·沈铨·双鹿图

一雌一雄两鹿站在山间，公鹿抬头仰望，母鹿侧头回望。

明·佚名·瑞莲翎毛图

岸边老树茂密，树上小鸟啼鸣嬉戏。湖里荷花盛开，两只白鹅与两只麻鸭成对觅食。

清·任薰·桃花鹦鹉图

桃花花团锦簇，一只绿色鹦鹉立于桃枝上，细细梳理羽毛。

所见

［清］袁枚

牧童骑黄牛，歌声振林樾（yuè）。

意欲捕鸣蝉，忽然闭口立。

宋·佚名·清溪晚牧图

杨柳拂堤，芦苇随风飘荡，水里两头老牛渡河，一头牛还在河中，一头牛驮着牧童已经上岸。

清·杨晋·画柳塘春牧轴

烟雨朦胧的春季，戴着蓑帽，穿着蓑衣的牧童骑着老牛沿着柳塘岸边放牧，远处的山脉隐藏在薄雾中，空中飞来五只飞鸟。

注释

牧童：放牛的孩子。 **振：**振荡，回荡。 **林樾：**道旁的林荫树木。

意欲：想要。 **鸣蝉：**鸣叫的知了。 **立：**站立。

译文

放牛娃娃骑着黄牛，树林回荡着他的婉转歌喉。

忽然想捉树上的蝉，于是站在树旁赶忙闭住口。

牛一见到红色就会发怒吗?

牛是色盲，眼里只有黑白两色。斗牛比赛中，牛之所以对红布有反应，是因为牛天生就有攻击移动物体的倾向，把红布换成其他颜色，牛依然会攻击。而之所以用红色，是因为红色能激发观众的兴奋情绪，增强表演效果。

牛在古代的地位

西周：规定不能无故杀牛，只有天子能在祭祀后吃牛肉。

秦朝：朝廷将全国耕牛登记在册，虐待牛者会受到惩罚。

汉朝：规定宰杀牛前必须上报官府，否则按违法处理。

唐朝初期：唐太宗规定全国一律不准吃牛肉，私自盗杀耕牛将面临刑罚。

南宋：若有宰杀耕牛者，将面临服刑三年的严重后果。

各类牛的别称举例

犊（dú）：指小牛。

犕（bèi）：指两岁的牛。

犙（sān）：指三岁的牛。

牭（sì）：指四岁的牛。

犣（liè）：指牦牛。

乌犍（jiān）：泛指耕牛。

沉牛：指水牛。

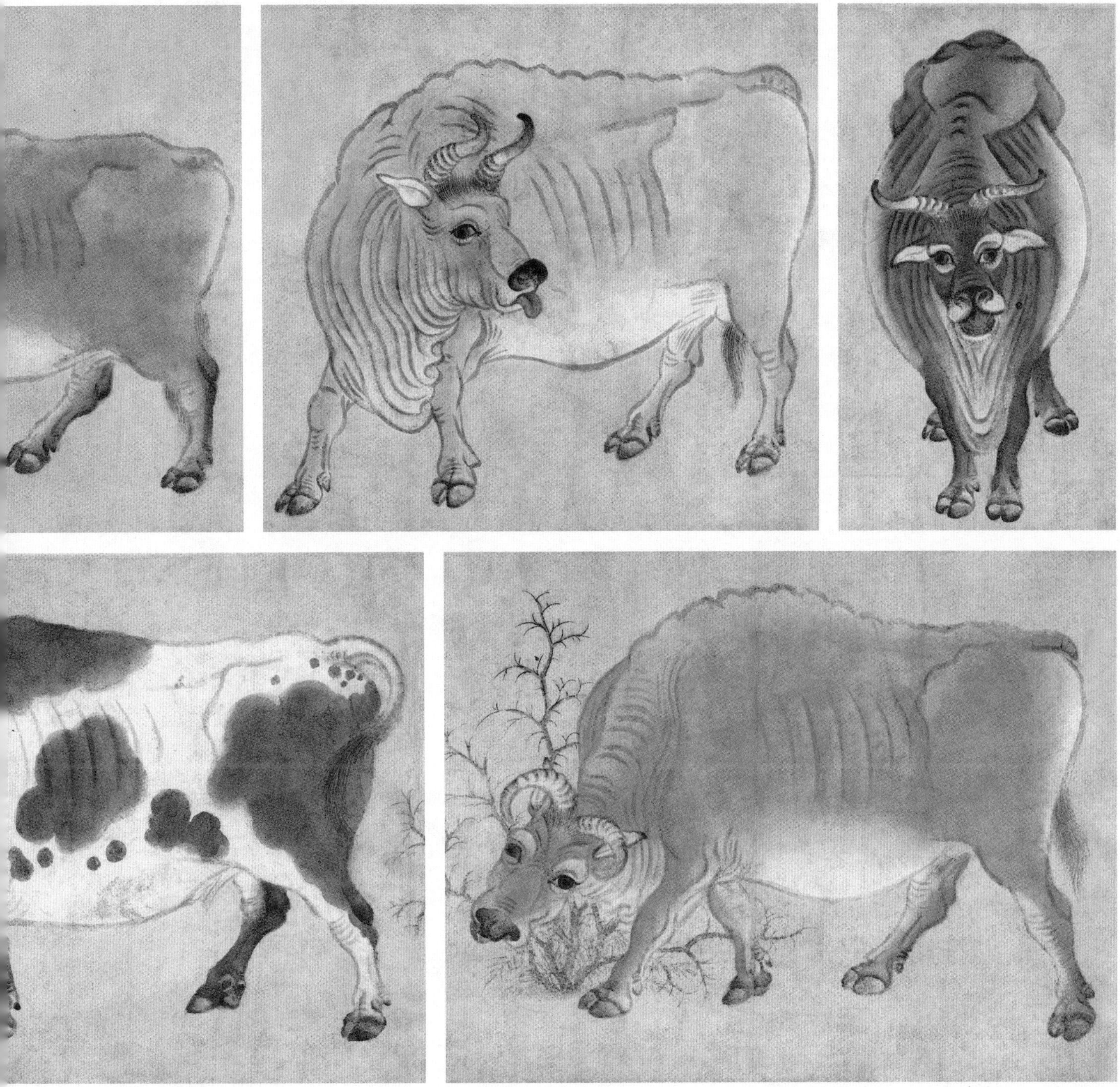

唐 · 韩滉 · 五牛图

五牛有向前行走的，有向后回首的，有站立的，有昂首的，还有俯首吃草的，神态、动作各异，视角独特。

左边是韩滉创作的《五牛图》中各个牛的姿态，仔细观察，分析一下每头牛是什么姿态。

chì lè

敕勒歌

qióng lú

敕勒川，阴山下。天似穹庐，笼盖四野。

xiàn

天苍苍，野茫茫，风吹草低见牛羊。

宋 · 易元吉 · 牛羊图

羊群在野外觅食嬉戏，有的在河边饮水觅食，有的在岸上散步，有的相互依偎休憩，神态各异。

注释

敕勒歌：选自《乐府诗集》。敕勒，古代民族名。 **敕勒川：**敕勒族居住的地方，在现在的山西省、内蒙古自治区一带。 **川：**平原。 **阴山：**在今内蒙古自治区北部。 **穹庐：**用毡布搭成的帐篷。 **笼盖四野：**笼罩着平原的四面八方。 **苍苍：**青色。 **茫茫：**辽阔无边的样子。 **见：**同“现”，显现。

译文

连绵起伏的阴山，山脚就是敕勒大平原。

天空如巨大毡帐，笼罩着平原的四面八方。

天空蔚蓝，原野无边，风儿吹过，牧草低弯，吃草的牛羊时隐时现。

羊的方形瞳孔

人的瞳孔是圆形的，而羊的瞳孔却是方形的，方形瞳孔能够兼顾周边和中间的视野，有助于发现捕食者。

羊毛和羊绒的区别

从来源上，羊毛来自绵羊，而羊绒来自山羊；从外形上，羊毛的鳞片是尖的，而羊绒的鳞片是圆的；从采集方法上，采集羊毛可以剃光绵羊毛，而采集羊绒则需要用特制的铁梳子把少量羊绒梳下来。

小羊肖恩是什么羊？

动画片中的小羊肖恩是瓦莱黑鼻羊，来自瑞士瓦莱地区，生活在陡峭崎岖的山坡上。它们外形呆萌可爱，脸、耳朵、双膝和四肢都是黑色的，毛发是雪白的。

羊的别名

珍郎、胡髯(rán)郎、膻(shān)根、胡须郎、长髯主簿、髯须参军、独笋子、白沙龙、卷娄。

判断左边哪一位有可能是牧羊人。

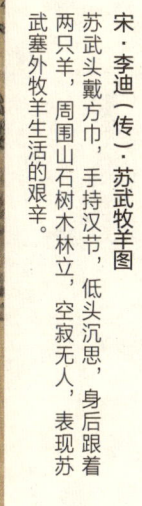

宋·李迪（传）·苏武牧羊图

苏武头戴方巾，手持汉节，低头沉思，身后跟着两只羊，周围山石树木林立，空寂无人，表现苏武塞外牧羊生活的艰辛。

元·佚名·三阳开泰图轴

一孩童坐在最大的绵羊身上，头戴锦帽，手拿梅枝，低头看着前方的小羊。

元·佚名·百祥衍庆图

有一孩童穿着锦衣，坐在一只大羊身上，周围被大大小小的羊围绕。羊音近『祥』，寓意着吉祥如意。

观猎

［唐］王维

风劲角弓鸣，将军猎渭城。
草枯鹰眼疾，雪尽马蹄轻。
忽过新丰市，还归细柳营。
回看射雕处，千里暮云平。

注释

劲：强劲。 **角弓：**用兽角装饰的弓。 **渭城：**古代咸阳城，在今西安市西北。 **眼疾：**目光敏锐。 **新丰市：**在今陕西省西安市临潼区。

细柳营：在今陕西省西安市长安区，这里指军营。

暮云平：傍晚的云层与大地连成一片。

译文

劲风吹动，角弓作响，将军狩猎去了渭城。

草已枯黄，遮不住锐利的鹰眼，冰雪融化了，骏马跑得更加轻盈。

转眼之间便奔驰过了新丰市，狩猎结束后又回到细柳军营前。

回头远眺刚刚射雕之处，傍晚的云层与大地连成一片。

清·郎世宁·嵩献英芝图
一只白色雄鹰立于山岩之上，一双鹰眼炯炯有神。

清 · 郎世宁 · 白鹰轴
瀑布从山间垂下，一只白鹰在苍松上停留。

千里眼

鹰的眼部结构很独特，有两个视网膜凹槽，分别用来看前方和侧面，每个凹槽用于看东西的细胞要比人的多六七倍。因此，即使在上千米的高空中，鹰也能看清地上的猎物。

鹰和雕的区别

分类：鹰属于鹰属，雕属于雕属，二者同属于鹰科，是鹰形目鸟类两个较大的科。

外形：鹰和雕长得很像，但鹰的腿部无毛，雕的腿部有茂密的羽毛。

体形：雕比鹰要大。

捕食：鹰只捕食蛇、老鼠等小型动物，雕则捕食鹿和山羊等稍大的动物。它们都是国家二级保护动物，需要大家共同珍惜和保护。

鹰在古代的象征

图腾象征：原始社会，鹰被人们当作一种神鸟，是图腾崇拜的对象。

“战神”象征：《列子》中提到黄帝和炎帝大战时，旗帜上就有鹰的形象。

科举象征：古代科举放榜后，文科会设琼林宴，武科则会设鹰扬宴。

古代的射雕英雄

斛(hú)律光：北齐将领，曾一箭将空中的雕射下来，人们称他为“落雕都督”。

长孙晟(shèng)：北周大臣，曾一箭射下两只雕，这就是“一箭双雕”典故的由来。

高骈(pián)：唐代武将，曾一箭射穿两只大雕，人们称他为“落雕侍御”。

判断鹰和雕分别会捕食左图中的哪些猎物。

清·冷枚·梧桐双兔图

野菊遍地、丹桂飘香的金秋时节，梧桐树下，两只白兔在开满小雏菊的草地上嬉戏的场景。

宋·佚名·三羊图页

三只山羊在草坪上徘徊觅食，两只纯白的山羊看向彼此，一只仰着头好像在微笑。不远处，一只黑白相间的山羊俯身望向草丛，目光炯炯。

明·佚名·荔鼠图

白老鼠正趴在一颗鲜红的荔枝上大快朵颐。

明 · 朱瞻基 · 唐苑嬉春图

一只猫叼着刚逮住的鸟雀，瞪大了双眼，机警地望向四周。它毛发蓬松，尾巴竖起，可爱极了。

十一月四日风雨大作

［南宋］陆游

风卷江湖雨暗村，四山声作海涛翻。

溪柴火软蛮毡(zhān)暖，我与狸奴不出门。

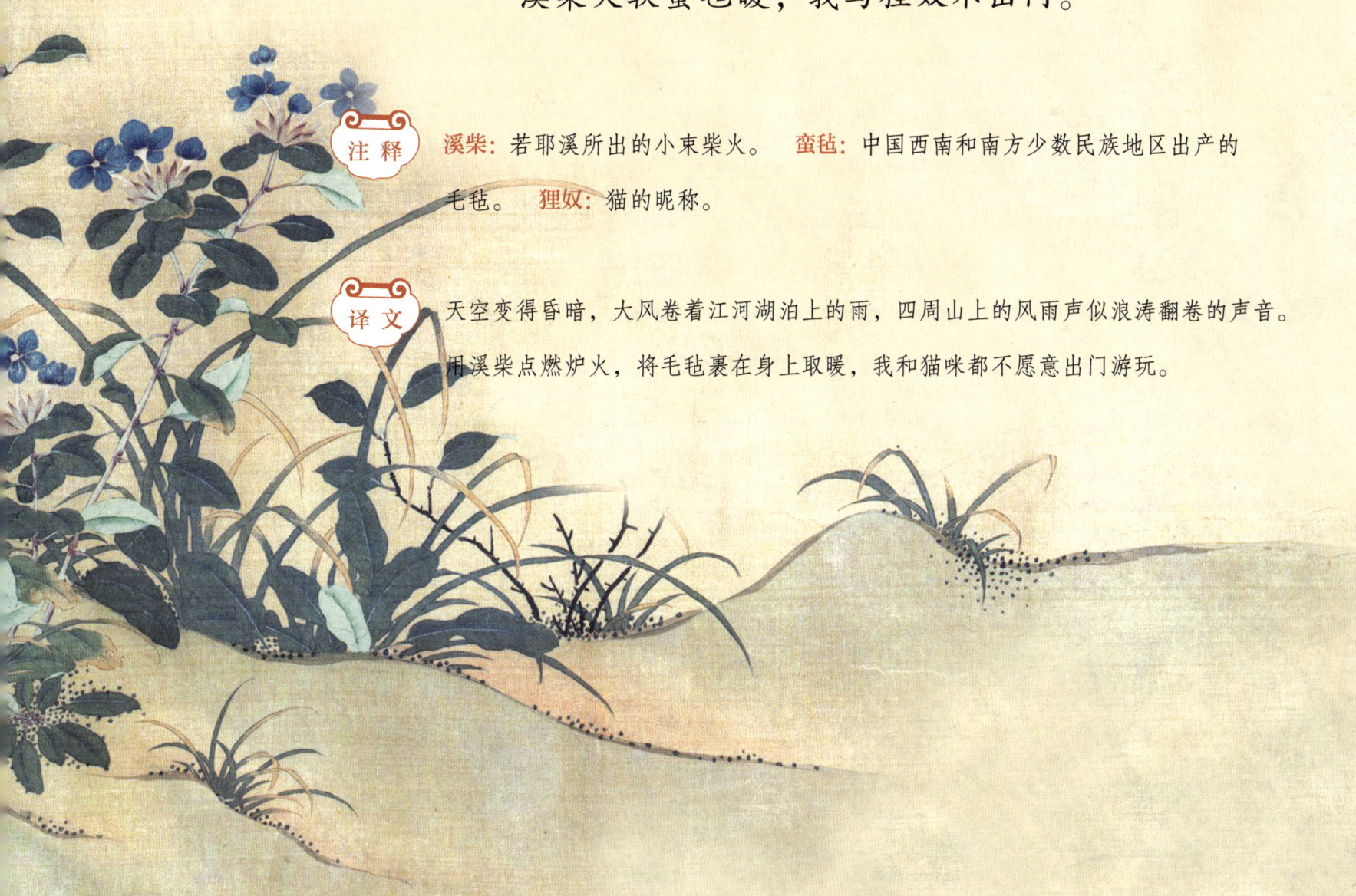

注释 **溪柴：**若耶溪所出的小束柴火。 **蛮毡：**中国西南和南方少数民族地区出产的毛毡。 **狸奴：**猫的昵称。

译文 天空变得昏暗，大风卷着江河湖泊上的雨，四周山上的风雨声似浪涛翻卷的声音。用溪柴点燃炉火，将毛毡裹在身上取暖，我和猫咪都不愿意出门游玩。

为什么猫喜欢吃老鼠和鱼?

猫是夜行动物，为了在夜间能看清事物，需要大量的牛磺酸，而老鼠和鱼的体内就含牛磺酸。

各色猫咪在古代的别名

凡是纯色的猫咪：四时好。

纯黑色的猫咪：玄猫、乌云猫、哮铁。

纯白色的猫咪：尺玉、霄飞练。

橘色的猫咪：金丝虎。

橘黄斑点的白色猫咪：雪地金缕、绣虎。

黄身白腹的猫咪：金聚银床。

身黑尾尖白的猫咪：墨玉垂珠。

腹白腿白毛黑的猫咪：乌云盖雪。

白身黄尾的猫咪：金簪插银瓶。

白身黑尾，额上还有一团黑色毛发的猫咪：挂印拖枪。

古代著名的“猫奴”

陆游：为猫写过很多诗词，还给猫取了“雪儿”“小老虎”“粉鼻”等昵称。

嘉靖皇帝：养过一只卷毛猫叫“霜眉”，为猫设立了专门的服务机构，在猫死后以金棺厚葬，还让大臣写祭文，题碑“虬(qiú)龙冢(zhǒng)”。

张之洞：卧室里养了许多猫，猫有时将粪便排在书籍上，他就拿手帕擦干净，并不觉得脏。他一般夜里办公，白天睡觉，有人戏称他是受猫的影响。

清·沈振麟·猫竹轴

三只憨态可掬的宠物猫。它们脖子上挂着穿有大红穗子和金铃铛的项圈，大猫蹲坐在竹丛边的湖石上，凝视前方，两只小猫正在下方的草地上玩耍。

宋·易元吉·猴猫图

一只猴子和两只小猫。猴子的脖子上系着长绳，被拴在一旁的小木桩上。猴子的怀中抱着一只小猫。不远处，另一只小猫弓着腰看向它们。

明·朱瞻基·唐苑嬉春图

两只猫儿在草丛中玩耍。毛发全白的小猫躺在草丛中，咬着花草。另一只黑白交杂的小猫低头舔着前爪。

观察左边三幅图中的猫，猜一猜每只猫在古代的别名是什么。

清·郎世宁·郊原牧马图

又称《八骏图》，画中两白一黄三匹马儿在柳树下休憩。

送友人

［唐］李白

青山横北郭，白水绕东城。

此地一为别，孤蓬万里征。

浮云游子意，落日故人情。

挥手自兹（zī）去，萧萧班马鸣。

注释

郭：古代在城的外围加筑的一道城墙。 **白水：**澄清的水。

别：告别。 **蓬：**一种多年生草本植物，干枯后随风而动，反转不定。孤蓬，这里比喻独自远行的友人。 **征：**远行。 **浮云：**飘动的云。

游子：离家远游的人。 **兹：**这里。 **萧萧：**马的嘶鸣声。

班马：离群的马，这里指载人远离的马。

译文

城墙北面有青翠山峦，波光粼粼的流水绕过城东。

我们在此地依依告别，你像孤独的蓬草将要飞到万里之外的远方。

浮云四处飘荡，就像远行的游子，夕阳缓缓下山，就像与人告别，不舍离去。

我在这里挥手送你骑马离去，离别的马儿也传来阵阵嘶鸣。

汗血宝马

“汗血宝马”是汉朝时西域大宛出产的一种良马。汗血宝马的皮肤较薄，奔跑时，血液在血管中流动容易被看到，而马的肩颈部汗腺发达，汗水印迹给人以“流血”的错觉，因此称之为“汗血宝马”。

不同颜色的马的别称

骐(qí)：青黑色的马。

骊(lí)：纯黑色的马。

骝(liú)：黑鬃毛、黑尾巴的红马。

骃(yīn)：浅黑带白色的马。

骅(huá)：赤色的骏马。

骢(cōng)：青白相间的马。

骠(biāo)：黄栗色的马。

骆(luò)：黑鬃的白马。

历史上的名马

乌骓(zhuī)马：项羽的坐骑，通体乌黑，唯有四个蹄子雪白，称为“踏云乌骓”。

赤兔马：三国时期吕布的坐骑，通体大红色，勇猛异常，当时有“人中吕布，马中赤兔”之说。

的(dì)卢马：三国时期刘备的坐骑，曾驮刘备跳过数丈宽的檀(tán)溪。

绝影：三国时期曹操的坐骑，据说是汗血宝马。

古人与马相关的活动有很多，判断左边图中的人类活动分别是什么。

元·佚名·清溪饮马图

一名马夫牵着一匹马儿到溪水里饮水，马夫赤裸着上身，卷起长裤，站在溪水中。马儿也站在涓涓流淌的清溪之中，俯身饮水。

五代·赵嵒·调马图

马夫牵着一匹白底黑花的骏马，静静地站立。留着络腮胡的马夫左手持缰绳，右手握马鞭，显得十分老到。骏马前蹄直立，后蹄弯曲，高大又健壮。

宋·李公麟·丽人行图

韩国夫人一手勒紧缰绳，一手紧搂着怀中的女儿。左侧单手勒绳的是虢国夫人，她面含微笑。右侧的贵妇人是秦国夫人，她骑一匹花马，双手握紧缰绳。身旁是负责伺候她们的随行宫人。

天净沙·秋思

［元］马致远

枯藤老树昏鸦，小桥流水人家，古道西风瘦马。

夕阳西下，断肠人在天涯。

宋·赵佶·柳鸦芦雁图

深秋时节，芦雁在芦苇丛边栖息，柳鸦栖息在柳树上。

注释

天净沙：曲牌名。 **枯藤**：枯萎的枝蔓。 **昏鸦**：黄昏时归巢的乌鸦。
古道：废弃的古老驿道。 **西风**：寒冷萧瑟的秋风。 **瘦马**：瘦骨嶙峋的马。
断肠人：形容悲痛至极的人。 **天涯**：远离家乡的地方。

译文

枯藤枝蔓缠绕着老树，黄昏飞来归巢的乌鸦，小桥流水哗啦啦，旁边住着几户人家，古道上一人骑着瘦马。迎着西风看夕阳落下，伤心的游子漂泊在天涯。

聪明的鸟

乌鸦喝水的故事，说明乌鸦会利用工具进食。新喀鸦会用喙制作带钩的棍子，用来钩出树干缝隙里的昆虫。还有西丛鸦，它们有超强的记忆力，能够记住上百个埋藏食物的地点。

吉祥的鸟

唐代以前，乌鸦被认为是吉祥的鸟，西汉董仲舒写的《春秋繁露》里就有“乌鸦报喜”的说法。虽然唐代之后有了“乌鸦出现是凶兆”的说法，但有的地方还是把乌鸦作为神鸟来崇拜。比如武当山上的“乌鸦接食”是“武当八景”之一，游客会带食物喂空中飞绕的乌鸦。

孝顺的鸟

据说，乌鸦有反哺之情，是一种很孝顺的鸟。反哺是指雏鸟长大后喂食母鸟，好比人类当中子女长大后孝顺、奉养父母。像这种彰显感恩之心的案例有很多，比如羊羔跪乳、彩衣娱亲等。

为什么故宫周围有许多乌鸦?

传说，乌鸦曾救过清太祖努尔哈赤的性命，为报答乌鸦的恩情，故宫里设有很多索伦杆，索伦即“神”的意思。逢年过节或祭祀，统治者会命人在索伦杆上装满乌鸦爱吃的事物。久而久之，乌鸦便都集结在故宫周围了。

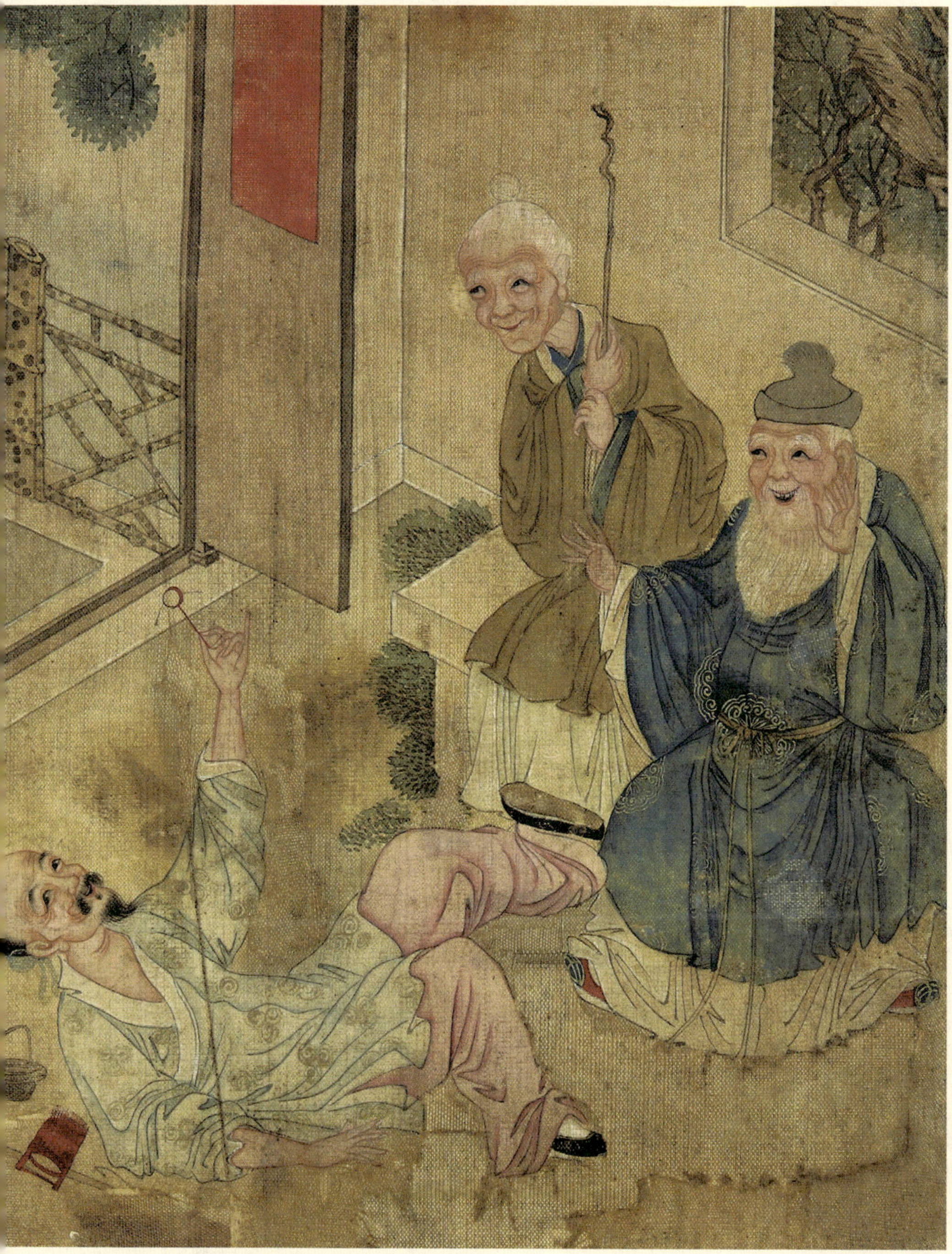

明·仇英·二十四孝图页

画中的是戏彩娱亲的故事，七十多岁的老莱子身穿彩衣，拿着拨浪鼓躺在地上，假装小孩摔倒。他的父母坐在一旁，看到他滑稽的模样，不由得哈哈大笑。

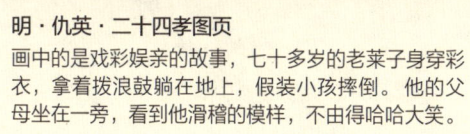

明·朱瞻基·子母鸡图

公鸡与母鸡带领雏鸡们在草地上觅食。右侧的公鸡低头觅食，口中衔着一条虫子，身边围绕着两只雏鸡。左侧的母鸡蹲在地上，背上驮着一只小鸡，面前环绕着四只唧唧叫的雏鸡。

清·康涛·孟母教子图

孟母侧身站在织机边，左手指向织机，右手拿刀，面朝一旁年幼的孟子，嘴唇微张，好像在教育他。孟子面朝母亲，毕恭毕敬地拱手站立，神情专注。

仔细观察左边三幅图，判断哪幅图中表达了反哺之情。

清·恽寿平·燕喜鱼乐图

明媚的春日，桃花灼灼、柳枝翩跹，燕子们在桃花与柳枝间穿梭。桃花的下方有一处池塘，游动的鱼儿正追逐着漂浮在水面的花瓣。

绝句二首·其一

［唐］杜甫

迟日江山丽，春风花草香。
泥融飞燕子，沙暖睡鸳鸯。

注释

迟日： 指春天白日渐长。　**泥融：** 指泥土湿润。

鸳鸯： 一种水鸟，雄鸟与雌鸟常双双出没。

译文

江山沐浴美丽春光，春风送来花草清香。

燕子啄泥去筑巢穴，鸳鸯成对睡在沙床。

燕子的象征意义

燕子是候鸟，一般在春季飞回，因此象征着美好的春光。又因燕子总是成双成对，所以它也是爱情的象征。

古人咏燕的诗句

李白：双燕复双燕，双飞令人羡。

白居易：几处早莺争暖树，谁家新燕啄春泥。

韦应物：冥（míng）冥花正开，飏（yáng）飏燕新乳。

晏殊：无可奈何花落去，似曾相识燕归来。

“鸳”“鸯”各有所指

鸳指雄鸟，鸯指雌鸟，它们常常成对出现，所以合称鸳鸯。一般来说，雄鸟的羽毛色泽比雌鸟艳丽许多。

鸳鸯象征意义的变化

唐代以前，鸳鸯象征着兄弟之情。曹植给弟弟的《释思赋》中写有“乐鸳鸯之同池，羡比翼之共林”，这里的鸳鸯指兄弟情。唐代诗人卢照邻作诗“得成比目何辞死，愿作鸳鸯不羡仙”，此后，鸳鸯就成了爱情的象征。

仔细观察左边三幅图，判断各图中哪个是鸳，哪个是鸯。

明·佚名·花下双鸯图轴

盛开的花枝下，有一对相伴的鸳鸯，雄性的鸳鸯体形壮硕，毛发艳丽，雌性的鸳鸯体型较小，毛发灰暗。

明·吕纪·四季花鸟图

枝头开满了花朵的老树斜倾而出，成群的鸟儿在树枝上啾啾鸣叫，有山雀、有喜鹊、有斑鸠。老树的下方是一条清澈的河流，水面有一对戏水的鸳鸯。

清·沈铨·荷塘鸳鸯图

夏季的荷塘里开满了婀娜多姿的莲花，亭亭的荷叶一片连着一片。荷塘内，一对鸳鸯在花间叶下嬉戏，空中飞来一对喜鹊，一只停在荷杆上，另一只盘旋空中，互为唱和。

滁州西涧
chú jiàn

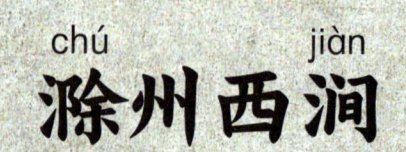

［唐］韦应物

独怜幽草涧边生，上有黄鹂深树鸣。

春潮带雨晚来急，野渡无人舟自横。

清·华嵒（yán）·黄鹂垂柳图

一棵柳树歪斜而出，柳条垂落。两只顽皮的黄鹂在垂柳枝上嬉戏，一只停在柳枝上，俯身朝下望，另一只爪子握住飘荡的柳梢，张开翅膀，与柳枝上的黄莺对视。

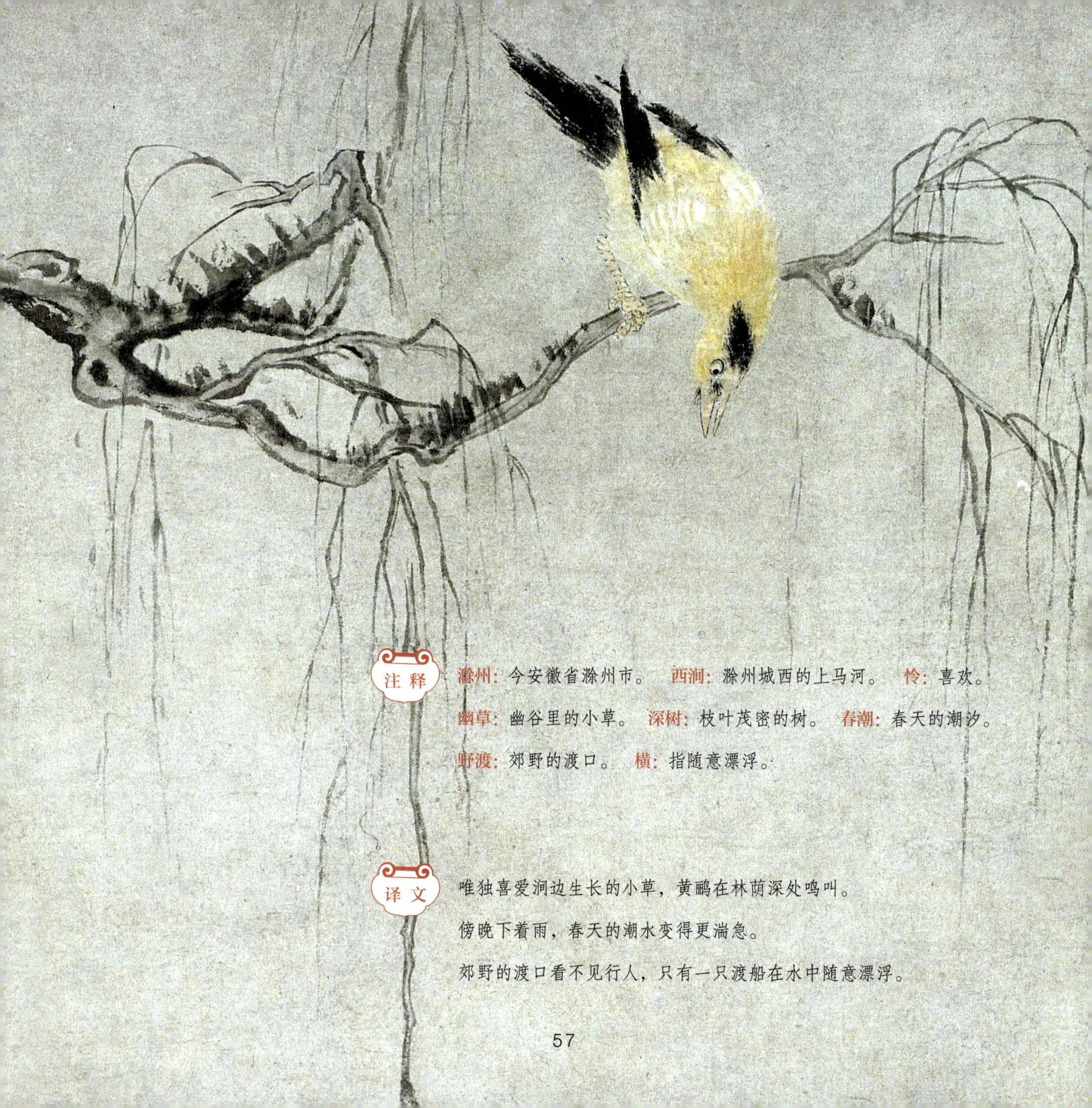

注释

滁州：今安徽省滁州市。 **西涧：**滁州城西的上马河。 **怜：**喜欢。

幽草：幽谷里的小草。 **深树：**枝叶茂密的树。 **春潮：**春天的潮汐。

野渡：郊野的渡口。 **横：**指随意漂浮。

译文

唯独喜爱涧边生长的小草，黄鹂在林荫深处鸣叫。

傍晚下着雨，春天的潮水变得更湍急。

郊野的渡口看不见行人，只有一只渡船在水中随意漂浮。

鸟中的歌唱家

鸟类的发声器官，被称为“鸣管”。鸣管的外侧生长着鸣肌，鸣肌可以调节声音的音量与音调。黄鹂鸟的鸣肌很发达，因此能发出圆润清脆的歌声。

一般情况下，黄鹂在早上歌唱最频繁。在繁殖的季节，雄性几乎一整天都在鸣唱，以求得雌性的青睐。

与黄鹂有关的诗句

杜甫：两个黄鹂鸣翠柳，一行白鹭上青天。

王维：漠漠水田飞白鹭，阴阴夏木啭黄鹂。

杜牧：千里莺啼绿映红，水村山郭酒旗风。

欧阳修：黄鹂颜色已可爱，舌端哑咤（yǎ zhà）如娇婴。

曾几：绿阴不减来时路，添得黄鹂四五声。

黄鹂的别称

黄莺、苍庚（gēng）、黄鹂留、黄鸟、金衣公子、鵹（lí）黄、黎黄、流莺、商庚。

仔细观察左边三幅花鸟图，判断图中各有什么水果。

宋·佚名·离支伯赵国图

一枝果实累累的荔枝枝条上，站着两只伯劳鸟。一只伯劳鸟伸长了脖子，朝远处眺望，另一只低头望向鲜红的荔枝。

宋·佚名·榴枝黄鸟图

深秋时节，成熟的石榴表皮破裂，露出一粒粒晶莹的果实，石榴枝叶也开始由绿变黄，逐渐枯萎。一只黄鹂衔着小虫，停在石榴枝上，目光炯炯地注视前方。

宋·佚名·樱桃黄鹂图

一枝樱桃树的树枝旁逸斜出，树枝结满了鲜嫩欲滴的樱桃。两只黄鹂站在枝头，左边的黄鹂昂首挺立，右边的黄鹂探身向前，好像要去啄食眼前的樱桃。

清·钱与龄·秋风墨藻图卷手卷

鱼虾在水塘游动，池中水荇交横。

渔歌子

［唐］张志和

西塞山前白鹭飞，桃花流水鳜(guì)鱼肥。

青箬(ruò)笠(lì)，绿蓑(suō)衣，斜风细雨不须归。

注释

渔歌子：词牌名。 **西塞山：**在今浙江省湖州市。 **白鹭：**一种白色水鸟。 **桃花流水：**桃花开放时节，春水上涨，俗称桃花汛或桃花水。 **鳜鱼：**即桂鱼。 **箬笠：**竹叶或竹篾(miè)做的斗笠。 **蓑衣：**用草或棕编制成的雨衣。

译文

西塞山前，白鹭高飞，桃花盛开，春水上涨，这时的鳜鱼最肥美。渔翁头戴青斗笠，身穿绿蓑衣，在微风细雨中垂钓，乐而忘归。

白鹭是指四种鸟？

白鹭是鹭科白鹭属的四种鸟的总称，它们是大白鹭、中白鹭、小白鹭和黄嘴白鹭，因为通体羽毛雪白，故统称为白鹭。

官服的图案

因为白鹭在飞翔时有序不乱，正如古代上朝时按照百官班次来，且白鹭又是吉祥之鸟，所以明清时期的官服纹样中就有白鹭，代表六品文官。

吉祥寓意

“鹭”与“路”谐音，一幅画着白鹭、莲花、荷叶的吉祥图案，表示“一路连科”。

一只白鹭与牡丹画在一起，有“一路富贵”之意。

象征自由

白鹭直飞青天，象征着无拘无束的自由，常常被诗人们吟咏。

观察左边三幅图，哪种鸟可能出现在明清时期六品文官的官服上？

清·郎世宁·孔雀开屏轴

百花盛放的庭院内，两只孔雀正在草地漫步，其中雄孔雀正展开美丽的尾羽，向另一只雄孔雀炫耀。

明·吕纪·秋鹭芙蓉图

三只鹭鸶，一只站在岸边，回过头朝空中的同伴们鸣叫，空中飞翔的两只鹭鸶盘旋而下。岸上的芙蓉花却开得正盛，妩媚动人。而荷塘内，莲蓬枯萎、残荷摇摆，预示着秋天的来临。

元·王渊·花竹锦鸡图

图绘雌雄两只锦鸡，雌锦鸡在湖石旁徘徊，仰头看向站在石头顶端的雄锦鸡；雄锦鸡昂首挺立，眺望远方。湖石与竹枝后是盛开的杜鹃花。竹枝上停着三只小麻雀，叽叽喳喳地呼唤同伴，另一只小麻雀正扑闪着翅膀朝伙伴飞去。

元·佚名·百雁图

大雁有的展翅飞翔，有的放声鸣叫，姿态各不相同。

次北固山下

［唐］王湾

客路青山外，行舟绿水前。
潮平两岸阔，风正一帆悬。
海日生残夜，江春入旧年。
乡书何处达？归雁洛阳边。

注释

次： 停泊。 **北固山：** 在今江苏省镇江市，三面临长江。 **客路：** 旅途。 **潮平：** 潮水上涨，江水与两岸齐平。 **风正：** 顺风。 **悬：** 挂。 **海日：** 海上的旭日。 **生：** 升起。 **残夜：** 夜晚将尽时。 **江春：** 江南的春天。 **入：** 到。 **乡书：** 家信。 **归雁：** 北归的大雁。古代有用大雁传递书信的传说。

译文

旅途已经到达北固山，行船在清澈的江水间。
潮水上涨，两岸显得更开阔，小船顺着江风高挂白帆。
夜色将尽，海上升起一轮旭日，年关未到，江南却已经有了春天的气息。
将思念的家书寄往何处？希望大雁带到洛阳边。

大雁为什么排成“一”字形或“人”字形？

雁群又叫“雁阵”，之所以排成“一”字形或“人”字形，是因为领头的“头雁”挥翅高飞时会产生一股上升气流，后面的大雁可以依次利用这股气流，从而节省体力。另外，由于“头雁”没有可以借助的上升气流，很容易疲惫，所以雁阵里需要经常更换“头雁”。

古代的“信差”

《汉书》中记载，汉朝使者苏武被扣留在匈奴，多年后，汉朝派使者要回苏武，匈奴单（chán）于（yú）谎称苏武已死。使者便告诉单于，皇帝射中一只大雁，雁足上系着苏武的书信，证明苏武还活着，单于只好放了苏武。这就是“鸿雁传书”的故事。从此，鸿雁便成了信差的代称，也象征着离别与思念。

大雁的象征意义

雁是典型的一夫一妻制，母雁失去公雁或公雁失去母雁，都不再另寻伴侣。古代婚礼的仪节中，也有送聘雁的习俗，象征着对爱情的忠贞。

清·余省·牡丹双绶图

鲜艳的牡丹依偎太湖石盛放，石头右侧是一棵苍松，树上站着一对绶带鸟，正朝树下张望。石头左侧有一对望向彼此的吐绶鸡，也叫火鸡。

清 · 丘鉴 · 芙蓉芦雁图

芦花摇曳、芙蓉盛开的沙坡间，栖息着四只芦雁。三只芦雁站在芙蓉旁，其中两只引颈仰望，呼唤着盘旋在空中的同伴。空中的芦雁展开翅膀，正徐徐降落。

清 · 杨大章 · 额摩鸟图

百花盛开的庭院内，有两只模样奇怪的蓝颈鸟儿正悠闲漫步。

假如古代的游子要往远方寄一封家书，图中的哪种动物最适合担任『信差』？

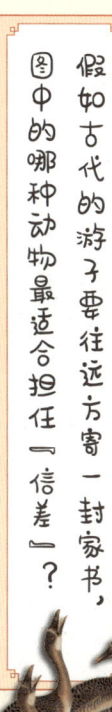

明·杜堇·友鹤图

隐士坐在简陋的茅草屋中，望向庭院中漫步的仙鹤。房屋被竹林、太湖石和松树环绕，暗示了屋主人高洁的品格。

秋词

［唐］刘禹锡

自古逢秋悲寂寥，我言秋日胜春朝（zhāo）。

晴空一鹤排云上，便引诗情到碧霄。

注释

悲寂寥：悲叹萧条。 **春朝：**春天的早晨，这里指春天。

排：推开，冲破。 **碧霄：**青天。

译文

自古以来，每逢秋季，人们总爱悲叹景色萧条，但在我看来，秋天的景色却远比春天更美好。

晴朗的天空，一只白鹤冲天而上，推开云层，也激发我作诗的兴致飞上九霄云外。

孝的象征

东晋陶侃(kǎn)的母亲去世时，有两个陌生人来吊唁，陶侃好奇，跟踪两人，只见他们都化成鹤飞走了。原来两只鹤是被陶侃的孝行感动而来的。从此，鹤成了孝的象征，吊丧也叫“鹤吊”。

德行的象征

鹤喜欢栖于山泉野林边，象征着君子的高尚德行。古代常常以“鸣鹤”或“鹤鸣”比喻君子。

长寿的象征

古代神话传说中，神仙的坐骑往往是鹤，鹤常常被称为“仙鹤”，传说有上千年的寿命，人们也用“鹤老”“鹤寿松龄”等词语比喻长寿。

爱鹤的古代人

卫懿(yì)公：春秋时期卫国国君，喜好养鹤，还按鹤的品质、体姿，赐给鹤官位和俸禄。

林逋(bū)：北宋诗人，每逢客至，童仆纵鹤放飞，林逋见鹤必归家，人称“梅妻鹤子”。

谢方叔：南宋宰相，没有别的爱好，唯喜养鹤消遣。

如果要送老人、君子和孝子各一幅图，判断左边三幅图分别适合送给谁。

清·沈铨·松梅双鹤图

苍劲的松枝与洁白的古梅下，一只仙鹤仰起脖子啼叫，另一只俯身寻觅食物。画面远处，连绵的山峦若隐若现。

清·虚谷·梅鹤图

粗壮的梅树开满了梅花，一只仙鹤站在梅花树的细枝中，望向盛开的梅花。

明·吴伟·仙踪侣鹤图

仙人回头望向身后的仙鹤，仙鹤也仰起脖子看向仙人。仙人身边跟随着一位侍奉的童子，他头戴荷笠，赤裸双足，目光低垂。

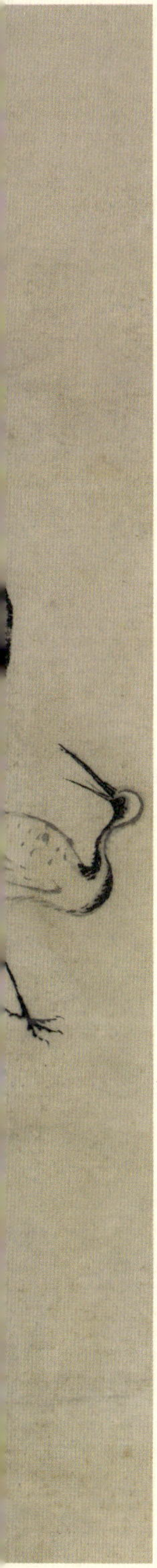

宋·赵昌·写生蛱(jiá)蝶图

蛱蝶属于中大型的蝴蝶。画中三只蛱蝶在花园中翩翩起舞，蛱蝶在上方轻灵振翅，画面下方是盛开的花朵。

江畔独步寻花

［唐］杜甫

黄四娘家花满蹊（xī），千朵万朵压枝低。

留连戏蝶时时舞，自在娇莺恰恰啼。

注释

黄四娘： 杜甫住成都草堂时的邻居。 **蹊：** 小路。

留连： 即留恋。 **娇：** 可爱的样子。 **恰恰：** 形容动听的鸟叫声。

译文

黄四娘家的小路上开满鲜花，万千花朵压得枝条垂下。

彩蝶不停地飞舞，留恋在花丛之下，自由自在的黄莺，啼声婉转，十分动听。

庄周梦蝶

庄子曾在梦中幻化成了自由飞舞的蝴蝶，醒来后发觉自己仍然是庄子。他好奇究竟是自己做梦变成了蝴蝶，还是蝴蝶做梦变成了自己。

梁祝化蝶

东晋时期，祝员外的女儿祝英台女扮男装和书生梁山伯同窗三年，渐生情愫，二人依依惜别时，山伯答应去祝家提亲。不料英台被父亲逼着嫁给他人，山伯忧郁成疾，不久去世。英台出嫁时绕道去山伯墓前祭奠，痛哭之际，忽然雷电大作，坟墓打开，英台便跳了进去，坟墓随即合上，天气变晴。而后二人化为蝴蝶，从墓中款款飞出。

名人吟咏蝴蝶的诗句

李贺：东家蝴蝶西家飞，白骑少年今日归。

李商隐：庄生晓梦迷蝴蝶，望帝春心托杜鹃。

杜甫：穿花蛱蝶深深见，点水蜻蜓款款飞。

张孝祥：蝉蜕(tuì)尘埃外，蝶梦水云乡。

清·佚名·胤禛美人图（十二幅之二）
美人坐在窗边，轻轻掀开帷幔，望向窗外的梅花与翠竹。

清·佚名·胤禛美人图（十二幅之六）

仕女手持葫芦，倚在书桌边沉思，神情恬淡。屋外湖石玲珑，彩蝶围着萱草起舞。

清·佚名·胤禛美人图（十二幅之七）

女子眉眼低垂，一手拿着案台上需要缝补的红衣，一手捏着兰花指摆在胸前。前窗的水缸中荷花盛开，锦鲤游动。明窗外，翠竹摇动，一只红色的蝙蝠飞过。

左边是《胤禛美人图》的局部，找一找蝴蝶藏在哪里。

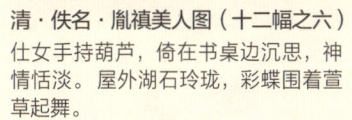

宋·吴炳·嘉禾草虫图
两株水稻间，蝴蝶、蜻蜓自在飞舞的场景。

小池

［南宋］杨万里

泉眼无声惜细流，树荫照水爱晴柔。

小荷才露尖尖角，早有蜻蜓立上头。

注释

泉眼：流出泉水的洞口或缝隙。 **惜：**爱惜。 **照水：**映在水里。 **晴柔：**晴天里的柔和风光。 **尖尖角：**露出水面，还没有舒展的荷叶尖端。

译文

泉眼似乎是因为爱惜细流，才让它无声地流淌。树荫似乎是因为喜爱晴天里的柔和风光，才将自己的身姿映在水里欣赏。鲜嫩的荷叶刚露出水面，还未来得及舒展开来，可是已经有蜻蜓落在了上面。

蜻蜓为什么点水?

蜻蜓点水实际上是雌蜻蜓在产卵，卵在水草上孵化出幼虫，叫作“水虿(chài)”。经过一年或几年，水虿就羽化成蜻蜓了。

巨蜻蜓

经科学研究，恐龙时代之前，有巨蜻蜓存在，是当时最大的昆虫，翼展可达1米，是现代蜻蜓的祖先。

眼睛最多的昆虫

蜻蜓的头部，有一对突出的复眼，每只复眼由约2.8万个小眼组成。因此，它可以不用转动头部，就能看到上、下、前、后、左、右各个方向。

元·王渊·蜻蜓图

一只黄褐色的蜻蜓停落在豆荚的叶片上，豆荚叶片宽大，藤蔓上盛开着两朵小巧的豆荚花。

清·陈书·秋塍生植轴

蚂蚱趴在饱满的麦穗上，下方一只螳螂站在叶片上，瞪大了双眼。不远处，一只褐色的蜻蜓徐徐飞来。

判断左边哪幅图与本诗的意境相似。

清·余穉·花鸟图册

碧绿的荷叶间，盛开着一粉一白两种颜色的荷花。一只碧绿的蜻蜓展开翅膀，刚刚停落在叶片上。

清·华嵒·春谷杜鹃图

春日杜鹃花绽放，一只小鸟立于杜鹃花枝条上，张大了嘴，望向天空。

宣城见杜鹃花

［唐］李白

蜀国曾闻子规鸟，宣城还见杜鹃花。

一叫一回肠一断，三春三月忆三巴。

注释

宣城：在今安徽省。 **蜀国：**指四川省。 **子规鸟：**杜鹃鸟的别称。 **杜鹃花：**即映山红。 **三春：**指春季。 **三巴：**巴郡、巴东、巴西三郡的合称，在今天的四川省东部和重庆市。

译文

曾在蜀国听见子规鸟啼鸣，如今在宣城又见杜鹃花盛开。

子规鸟啼声婉转悲鸣，常常令人听得肝肠寸断，暮春三月里游子正思念故乡三巴。

杜鹃啼血

传说古蜀国有个君主叫杜宇，人称望帝。他把王位让给了治水功臣鳖(biē)灵，自己隐居西山。鳖灵仗着治水功劳，变得独断专行，不体恤百姓。望帝听说后决定进城劝说鳖灵，但鳖灵把城门关了。情急之下，望帝化为杜鹃鸟飞进城里，边飞边叫着：“民贵呀！民贵呀！”鳖灵听了心怀愧疚，从此改过自新。可望帝却无法变回人了，他仍苦苦叫着，口中不断流血，把嘴巴都染红了。

鸠占鹊巢中的“鸠”是杜鹃吗？

鸠，指鸤鸠(shī jiū)，即杜鹃。杜鹃不会筑巢，便把蛋下在鹊、柳莺等鸟类的巢里，等小杜鹃破壳而出，就将其他小鸟挤出巢穴。

和花名相同的鸟名

芙蓉花：又叫木莲、木芙蓉，花开后呈深红色；芙蓉鸟又叫金丝雀，羽毛多为黄色。

白头翁花：又叫老姑草，花萼(è)蓝紫色；白头翁又叫白头鹎(bēi)，雄鸟后头部为白色。

天堂鸟花：即鹤望兰，花数朵生于总花梗上，下托一佛焰苞；天堂鸟又叫极乐鸟，雄鸟有华丽的饰羽。

左边哪幅图的所属季节，有可能见到杜鹃鸟？

明·陈洪绶·荷花图

湖石玲珑，一阵清风拂过湖面，水波阵阵，白中透粉的荷花与碧绿的荷叶随风摇曳，姿态万千。

明·王谔·瑞雪凝冬图

险峻的高山被大雪覆盖，松树生长在崎岖的悬崖峭壁上，掩映着山中的屋舍。阁楼中，有一名文人正挥毫泼墨，似乎在描绘眼前的雪景。山下湖泊平静无波，一旁的山路上，一个骑马的人带着两名挑担徒步的随从在雪中跋涉。

清·佚名·耕织图册

画面左侧的农夫站在水稻田里，扬起鞭子，挥向耕作的水牛。一旁的老者拄着拐杖，望向田间。他身后的屋舍中，女子倚在窗边，像在轻声哄着想要翻窗进屋的孩童。另一位少年正挑着扁担，朝水稻田走去。右侧两位渔夫站在溪水中。背后是一名拄着拐杖的老者，院门口，有两个孩子正在玩闹，他们的母亲正慈爱地望着他们。

菩萨蛮·书江西造口壁

［南宋］辛弃疾

郁孤台下清江水，中间多少行人泪？西北望长安，可怜无数山。

青山遮不住，毕竟东流去。江晚正愁余，山深闻鹧鸪（zhè gū）。

注释

菩萨蛮：词牌名。 **造口：**一名皂口，在今江西省万安县南。 **郁孤台：**又叫望阙台，在今江西省赣州市城区西北部贺兰山顶。 **清江：**指赣江。 **长安：**今陕西省西安市，此处指汴京。 **可怜：**可惜。 **愁余：**使我发愁。 **鹧鸪：**鹧鸪鸟，啼声凄苦。

译文

郁孤台下的赣江水里，有多少行人的眼泪？举头眺望西北长安，可惜只见无数青山。青山难挡大江东去，黄昏的我满怀愁绪，深山里的鹧鸪传来悲啼。

清·李鱓·冷艳幽香图
画中左侧菊花烂漫，右侧荷叶田田、荷花依依。

喜欢沙浴的鸟

鹧鸪喜欢晒太阳，它们清洁身体的主要方式是沙浴，这也是它们宣示领地的方式。一旦宣布主权，该地盘只允许有一只公鹧鸪和被它认可的母鹧鸪在这里沙浴。

诗歌里的鹧鸪

鹧鸪啼声悲切，听起来像“行不得也哥哥”，很容易勾起旅人的离愁别绪，因此，它是离愁伤感的象征。

诗人的“动物外号”

郑鹧鸪：晚唐诗人郑谷，以《鹧鸪诗》得名。

崔鸳鸯：唐朝诗人崔珏(jué)，以《鸳鸯诗》闻名。

谢蝴蝶：北宋文学家谢逸，曾写过 300 多首咏蝶诗。

梅河豚：北宋诗人梅尧臣，曾在范仲淹的宴席上作《范饶州坐中客语食河豚鱼》诗。

张孤雁：宋末词人张炎，因漂泊的身世和词作《解连环 · 孤雁》得名。

判断鹧鸪鸟喜欢左边哪种环境。

明·钱榖·石湖图卷

远处山峦耸立，近处流水潺潺。房屋矗立在山水之间，被茂密树林环绕。

宋·马和之·后赤壁赋图

浩渺的江面上，一叶扁舟顺流而下，舟中苏轼与他的朋友们在饮酒作乐。

宋·佚名·仿周昉宫妓调琴图

三位衣着华贵的妇人在庭院里弹琴、品茶、听曲。

宫词

[唐] 朱庆馀(yú)

寂寂花时闭院门，美人相并立琼轩。
含情欲说宫中事，鹦鹉前头不敢言。

注释

花时：花开时节。　**美人**：指宫女。
相并：并排。　**琼轩**：廊台的美称。

译文

在百花盛开的时节，寂静的宫院，大门紧闭，两位宫女在廊台并排站立。宫女满怀幽情，想说皇宫中的事，可在鹦鹉面前，又不敢轻易言语。

为什么鹦鹉能说话?

鹦鹉口腔大，舌头灵活，鸣肌发达，所谓“说话”只是机械性的模仿。它们还能逼真地模仿其他鸟的鸣叫，这在科学上称为“效鸣”。不仅是鹦鹉，八哥、鹩(liáo)哥等鸣禽也能效鸣。

用“脚”吃东西的鸟

鹦鹉是唯一用脚充当“手”吃东西的鸟类，它们会用脚握着食物塞入口中。经研究，左脚长于右脚的鹦鹉，大部分用左脚抓食；右脚长于左脚的鹦鹉，大部分用右脚抓食。

吃土的鹦鹉

鹦鹉常吃植物的果实、种子、嫩芽，以及少量昆虫，有时也会吃土，因为吃土可以帮助它们消化和排毒。

皇帝的宠物

唐玄宗的爱鸟是只白色鹦鹉，能背诵诗篇，非常聪明，取名雪衣娘。每当玄宗与大臣或嫔妃下棋要输时，侍从便让雪衣娘飞下来，在棋盘上捣乱，为玄宗挽回面子。

唐 · 周昉 · 内人双陆图

两名贵族女子正在玩双陆棋，一旁站着两名侍女，其中一名探头望向棋盘，好奇地观望着棋局的走向。

宋 · 佚名 · 十八学士图之棋

一棵粗壮的梧桐树下，摆着方桌软榻。两名学士正坐在长榻上下棋。在他们身边，坐着两名观棋者。身后是两名侍奉的小童。不远处，一名侍从举起扇子，为学士们扇风，还有两名侍从忙着沏茶。

判断雪衣娘可能会飞到哪幅图的棋盘上。

元 · 钱选 · 明皇弈棋图

唐玄宗左手托着棋篓子，右手举着黑棋，神态专注。与他对坐的杨贵妃右手指向棋盘，若有所思。左侧两位低头含笑的宫女，端着红色的托盘，盘中放着两盏茶杯。

逢雪宿芙蓉山主人

［唐］刘长卿

日暮苍山远，天寒白屋贫。
柴门闻犬吠（fèi），风雪夜归人。

注释

逢：遇上。 **宿：**借宿。 **芙蓉山：**在今湖南省境内。
日暮：傍晚的时候。 **苍山远：**青山在朦胧暮色中显得很远。
白屋：简陋的茅草屋。 **犬吠：**狗叫。 **夜归人：**夜间回来的人。

译文

朦胧暮色下苍山路途遥远，天气寒冷更显得茅屋贫贱。
柴门之外传来了声声犬吠，在夜里冒着风雪把家归还。

明·项圣谟·江山雪霁图
大雪过后，天色转晴，山石草木都披上了雪白的新衣，一派静谧祥和的景象。

狗是色盲吗?

经研究，狗能够分辨深浅不同的蓝色和紫色，但对红色和绿色感受力不强，红色对狗来说是暗色，绿色对狗来说则是白色。所以绿色草坪在狗的眼里，只是一片白色草地。

古代狗的雅称

火耳：文官所养。

哮天犬、雷被、火突：武官所养。

黄耳：出自晋代崔豹的《古今注》。

豺舅：出自唐朝段成式的《酉(yǒu)阳杂俎(zǔ)》。

韩卢：出自《战国策》。

地羊：出自明朝李时珍的《本草纲目》。

十骏犬：乾隆帝所养的欧洲纯种猎犬，郎世宁为其作画，名字分别是霜花鹞(yào)、睒(shǎn)星狼、金翅猃(xiǎn)、苍水虬(qiú)、墨玉螭(chī)、茹黄豹、雪爪卢、蓦(mò)空鹊、斑锦彪、苍猊(ní)。

古代名人的宠物狗

黄耳：西晋文学家陆机的狗，曾给主人送过家信。

乌觜(zuǐ)：北宋诗人苏轼的狗。

太阳犬：清末民族英雄邓世昌的狗，甲午海战中，跟随主人一起殉国。

判断左边哪个人是诗中说的『风雪夜归人』。

清·冷枚·雪艳图

三位女子在雪天行走。画面中心的女子衣着华贵，她的身边跟着两名侍女，一名举着大伞，另一名走在前方，似在为小姐引路。她们的身后是一棵梅花树，枝头开满了梅花。

五代·佚名·雪渔图

大雪纷飞，竹林被积雪压弯了腰。一名渔翁扛着鱼竿，站在河岸边，笠帽和蓑衣盖了一层厚厚的雪花。他缩着脖子，遮住口鼻，神情凝重。

宋·佚名·柳荫归醉图

两名男子袒胸敞怀，双足赤裸。左边的年长者喝醉了酒，走路摇晃，连衣服从肩头滑落，快要落到地上也浑然不觉。右侧较为年少的男子一只手挽住年老者的胳膊，搀扶着他前行，另一只手提着竹桶。

答案

P7

P11

P15

P19

- 送中年人。
- 送读书人。
- 送新婚夫妇。

P23

P27

- 络首而立。
- 回首舐舌。
- 纵峙而鸣。
- 翘首前仰。
- 吃草蹭痒。

P31

P35

- 雕的猎物；
- 鹰的猎物。

P39

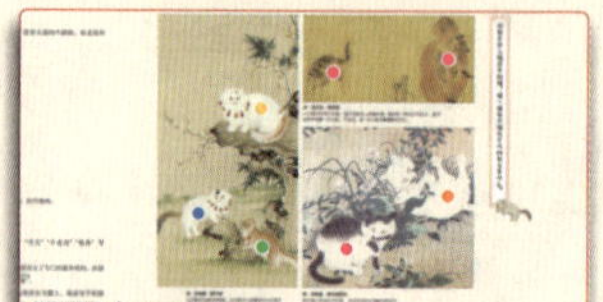

- 乌云盖雪。
- 金簪插银瓶。
- 挂印拖枪。
- 金聚银床。
- 尺玉。

P43

- 牵马待行。
- 饮马。
- 郊游。

P47

P51

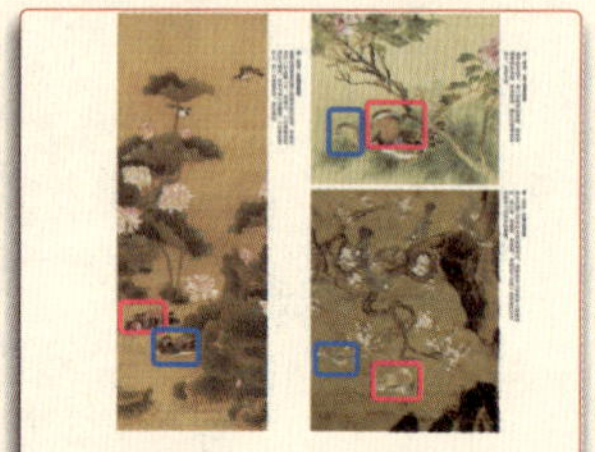

- 鸳。
- 鸯。

P55

- 石榴。
- 荔枝。
- 樱桃。

P59

P63

P67

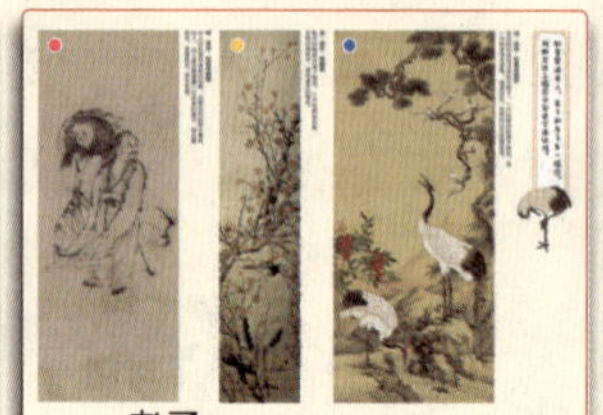

- 孝子。
- 君子。
- 老人。

P71

P75

P79

P83

P87

P91

P95

古诗词里的博物学

草木蓁蓁

李山 主编
文小通 著

光明日报出版社

图书在版编目（CIP）数据

古诗词里的博物学 . 草木蓁蓁 / 文小通著 . -- 北京 : 光明日报出版社 , 2024.1

ISBN 978-7-5194-7724-0

Ⅰ . ①古… Ⅱ . ①文… Ⅲ . ①古典诗歌 – 诗歌欣赏 – 中国 – 少儿读物②植物 – 少儿读物 Ⅳ . ① I207.2-49 ② Q94-49

中国国家版本馆 CIP 数据核字 (2024) 第 031972 号

目录

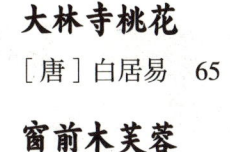

梅花

［北宋］王安石

墙角数枝梅，凌寒独自开。

遥知不是雪，为有暗香来。

注释

凌寒：冒着严寒。 **遥**：远远地。 **知**：知道。 **为**：因为。

暗香：这里指梅花的幽香。

译文

墙角的几枝梅花，冒着严寒独自开放。

远看不是白雪飘扬，因为传来阵阵梅香。

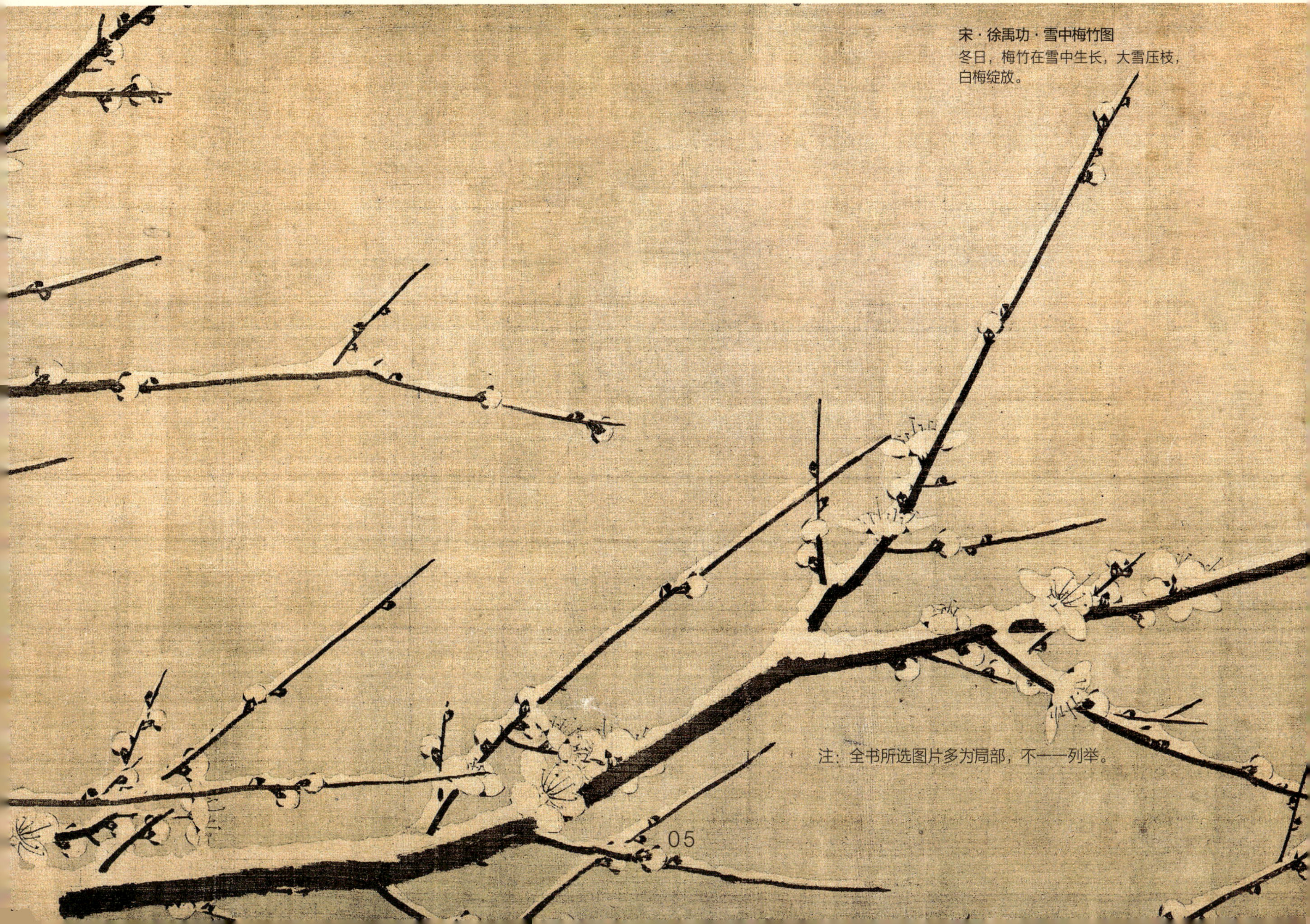

宋·徐禹功·雪中梅竹图
冬日，梅竹在雪中生长，大雪压枝，白梅绽放。

注：全书所选图片多为局部，不一一列举。

清·钱维城·洋菊轴

清代官员、画家钱维城所画。画中的洋菊花争相怒放、生机勃勃。

梅花的地位

梅花是中国十大名花之首，与兰花、竹子、菊花一起列为“四君子”，与松、竹并称“岁寒三友”。

爱梅花的古代文人

林逋(bū)：北宋诗人，隐居杭州孤山，植梅放鹤，称“梅妻鹤子”。

范成大：南宋诗人，喜爱梅花，特地为梅花写过一本《范村梅谱》，这也是世界上第一本梅花专著。

王冕(miǎn)：元代画家，隐居于九里山，种植梅花上千株，所居为“梅花屋”。

梅花妆

相传，南北朝时期，宋武帝的女儿寿阳公主在花园歇息的时候，一朵梅花掉在了她的额头上，难以揭下。三天之后，梅花被清洗掉，公主额头上留下了梅花花瓣的印记。宫中女子见公主额上的梅花印非常美丽，于是剪梅花贴于额头，由此成为一种妆容，时称“梅花妆”。

梅花雅称大赏

暗香、百花魁、玉霄神、霜女、玉玲珑、寿阳花、驿使、一枝春、艳魄、状元花。

判断左边哪个女子化的是梅花妆。

宋 · 赵佶 · 摹张萱捣练图

十二位身着唐代服饰的女子正在捣练、圈线、缝衣。

元 · 佚名 · 梅花仕女图

一位窈窕的美人站在一棵梅花树旁，树梢盛开着朵朵白梅。美人手拿铜镜，望向镜中的自己，正要往额上点缀梅花。

唐 · 周昉（传）· 簪花仕女图

春夏之交，两位衣着华丽的贵族妇女和一位侍女在花园游玩。她们逗弄着小狗。

菊花

［唐］元稹(zhěn)

秋丛绕舍(shè)似陶家，遍绕篱边日渐斜。

不是花中偏爱菊，此花开尽更无花。

清·钱维城·洋菊轴

画中洋菊花争相怒放。

注释

秋丛：菊花丛。 **舍：**房子。 **陶家：**东晋诗人陶渊明的家。

遍绕：环绕一遍。 **篱：**篱笆。 **斜：**倾斜。 **尽：**完。 **更：**再。

译文

菊花丛环绕房舍好似陶潜家，绕着篱笆赏花，红日逐渐倾斜西下。

百花之中，我并非只喜爱菊花，只因菊花开放后再没有其他花可欣赏。

清·余省·东篱秀色图

黄、紫二色菊花交相掩映，充满了生机。

菊花的地位

菊花是中国十大名花之一，花中“四君子”之一，世界“四大切花”之一。

菊花诗的花样写法

吃菊花：朝饮木兰之坠露兮，夕餐秋菊之落英。

采菊花：采菊东篱下，悠然见南山。

喝菊花酒：龙沙传往事，菊酒对今秋。

夸菊花：宁可枝头抱香死，何曾吹落北风中。

菊花的象征

孤高傲世：因菊花饱经风霜，生命力顽强。

吉祥长寿：菊花盛开在九月，有“九月花神”的称呼，“九”音同“久”，所以菊花象征着长寿、长久。

淡泊名利：陶渊明的诗赋予了菊花此象征寓意。

品格高洁：大多数菊花花期较长，色彩不过于艳丽，且耐严寒。

菊花会

在古代，菊花会是秋季和重阳节重大的娱乐活动，人们还举办斗菊比赛，评出“菊王”。广东省中山市小榄镇菊花会创办于宋代末年，历史悠久，是中国延续年代最久、规模最大的菊花会之一。

清·邹一桂·藤花芍药轴
烂漫的紫藤花与红白紫三色的芍药相呼应。

清 · 汪承霈 · 菊轴

盛放的洋菊花上，飞来两只翩翩起舞的蝴蝶，一黑一白，白的是粉蝶，黑的是凤蝶。

清 · 陈书 · 岁朝吉祥如意图

一只孔雀蓝的长颈瓶中插着白梅、山茶花，花瓶旁摆放着桃子、柿子、灵芝等寓意吉祥之物，来表达对新年的美好祝愿。

如果要送一束花给古代的隐士，左边哪一种最合适？

元·佚名·莲舟新月图

月夜，一名儒士在莲花池中泛舟，独自饮酒赏月。船舱内还坐着一名发呆的童子。

晓出净慈寺送林子方

［南宋］杨万里

毕竟西湖六月中，风光不与四时同。

接天莲叶无穷碧，映日荷花别样红。

注释

晓：天刚亮。 **净慈寺**：西湖四大古刹之一。 **林子方**：作者的朋友。

毕竟：到底。 **四时**：春夏秋冬四个季节。 **接天**：像与天空相接。

无穷碧：无穷的碧绿。 **映日**：太阳映照。 **别样**：特别。

译文

到底是西湖六月的风景，与其他季节的风光大不相同。

碧绿的莲叶连接到天际，荷花在太阳映照下色彩特别红。

植物中的“活化石”

在人类出现以前，地球气候恶劣，只有少数植物生存，其中就有荷花。因此，荷花被称为植物中的“活化石”。

荷花的含义

因为荷花“出淤(yū)泥而不染”，所以在中国传统文化里，它象征着清白、高洁的君子品行。

荷花为什么“出淤泥而不染”？

荷花花叶表皮有蜡质和角质，可以防水，而萼片和花瓣层叠包裹，不会渗入泥水。

为什么会“藕断丝连”？

“藕断丝连”是个成语，比喻表面断绝关系，实际依旧有牵连。而藕中的“丝”是一种螺旋状的纤维素，负责输送水分和养料，供藕生长。

荷花的别称

莲花、芙蕖(qú)、菡萏(hàn dàn)、芙蓉、藕花、泽芝、凌波仙子、君子花。

唐·孙位·竹林七贤图

四位士大夫坐在华贵的毯子上，身边分别有一名小童服侍。

如果要送一朵荷花给左边的画中人，你觉得送给哪幅图中的人合适？

宋·佚名·宋太祖坐像

清·佚名·雍正帝读书像轴

箴(zhēn)作诗者

［清］袁枚

倚马休夸速藻佳，相如终竟压邹(zōu)枚。
物须见少方为贵，诗到能迟转是才。
清角(jué)声高非易奏，优昙(tán)花好不轻开。
须知极乐神仙境，修炼多从苦处来。

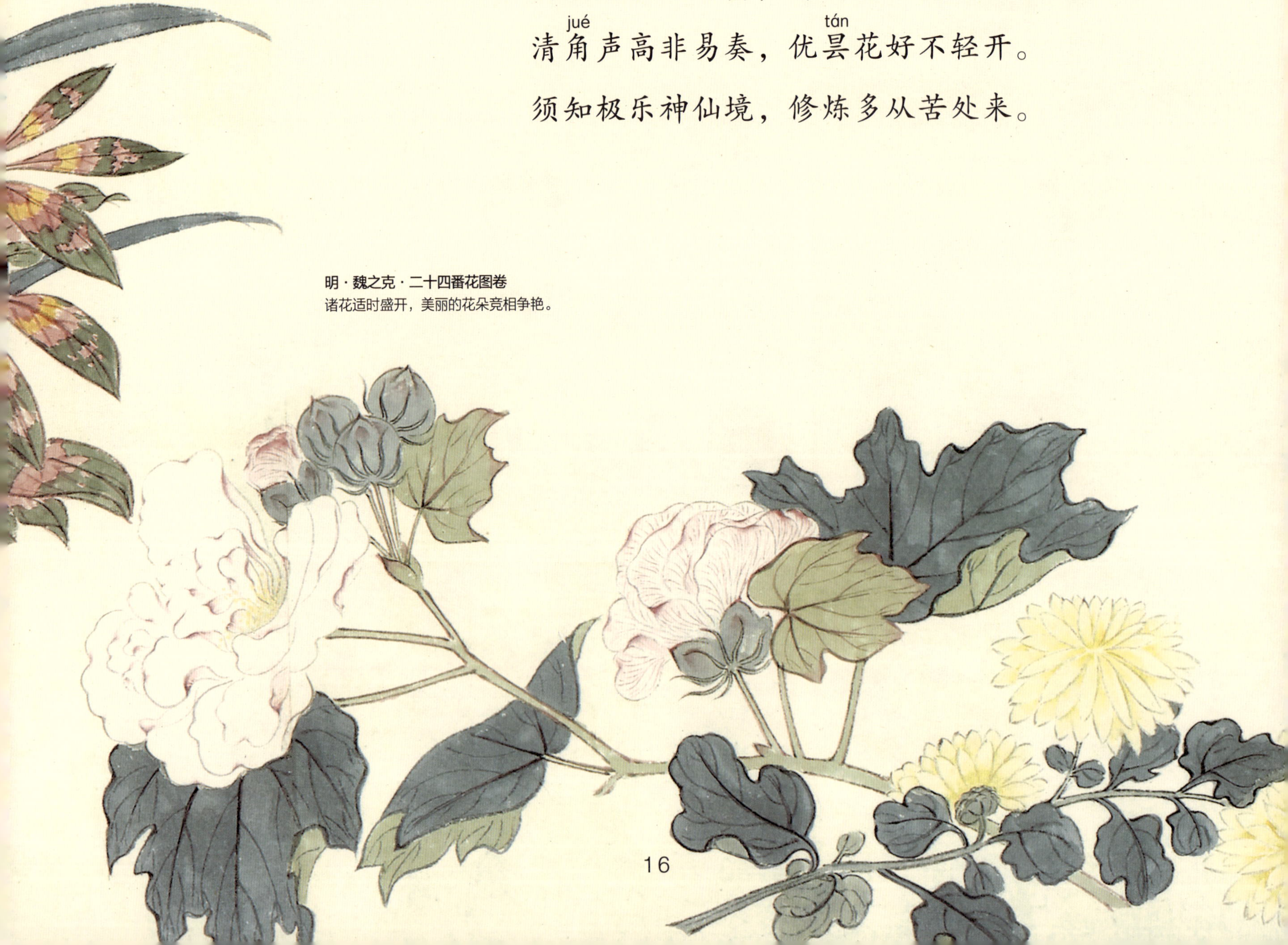

明 · 魏之克 · 二十四番花图卷
诸花适时盛开，美丽的花朵竞相争艳。

注释

箴：劝告。 **倚马：**东晋袁虎倚靠战马很快就能写完文章，这就是倚马可待的典故，后人多据此典以“倚马”形容才思敏捷。 **休：**不要。 **藻：**辞藻。 **相如：**西汉辞赋家司马相如。 **邹枚：**西汉辞赋高手邹阳、枚乘写得比司马相如快，却没后者成就高。 **清角：**角是古代五音之一，古人以为角音清亮高亢，所以才有了清角的说法。 **优昙：**昙花。

译文

别夸袁虎倚马迅速完成的文章辞藻好，司马相如的才艺比邹阳和枚乘都要高。

任何物品见得少了才会变得珍贵，诗词只有到能流传的程度才能称妙。

清亮高亢的角声不能够轻易弹奏，美丽的昙花从来不会轻易地开放。

想知道极乐的神仙境界在哪里找，只有辛勤刻苦地磨炼才能够达到。

为什么说“昙花一现”？

“昙花一现”是个成语，比喻美好的事物或景象出现了一下，很快就消失了。因为昙花在晚上开花，且大多数昙花的开放时间只有4个小时左右，非常短暂，所以才有“昙花一现”的感慨。

昙花的别称

琼花、月下美人、昙华、夜会草、鬼仔花、韦陀(tuó)花。

为什么昙花只在夜间开放?

昙花的原产地在美洲的沙漠里，那里气候干旱炎热，白天气温高，水分蒸发量大，昙花吸收不了多少水分，晚上气温低，水分蒸发量小，昙花能得到足够的水分，所以昙花只在夜间开花。

昙花一现，只为韦陀

相传，昙花原是一位花神，喜欢上给她浇水的年轻人。玉帝知道后，就把花神贬下凡间，惩罚她每年只开一次花。而年轻人被送去出家，法名韦陀，忘记了前尘往事。下凡的花神忘不了韦陀，千百年间，每年都在韦陀下山给佛祖采茶的地方等他。道士聿(yù)明氏深受感动，违反天规，把花神带到了韦陀身边，韦陀终于想起了前世因缘。这就是“昙花一现，只为韦陀”的传说。

根据左边图中的景色，判断一下哪幅图可能是昙花开放的时间。

明·戴进·太平乐事图

春风料峭，旌旗招展，一群身披铠甲的士兵来到郊野，搭弓射箭。

宋·马远·月下把杯图

画中主人手中拿着酒杯迎接朋友，对面的友人也牵住了朋友的手。身边围绕着三名小童。

五代·赵喦·八达春游图

画中描绘八名头戴官帽、身穿官服的贵族男子骑着骏马，到郊外春游的场景。他们有的扬鞭呵斥，有的谈笑风生，有的回首召唤。

水仙花

［南宋］杨万里

韵绝香仍绝，花清月未清。

天仙不行地，且借水为名。

注释

韵：风韵。**绝：**极品，奇绝。**仍：**又，更。**清：**清丽。

不行地：指水仙花生长不需要土壤。

译文

水仙花风韵奇绝，芳香也奇绝，花比月色更加清丽。

生长不需在土壤里，暂且借水作为名字。

清·钱维城·梅茶水仙图

画中寒梅、山茶、水仙，这三种耐寒的花朵一齐开放，互为呼应。

水仙是从国外传来的?

唐朝学者段公路的《北户录》里提到了波斯人穆思密送给晚唐词人孙光宪几棵水仙花，这是对水仙最早的记录。也就是说，水仙在我国，只有一千多年的历史。

水仙花有毒吗?

水仙花是一种有毒的植物，毒素主要集中在鳞茎和花叶中的汁液部分，其成分主要是水仙素和水仙碱等有毒物质。如果不小心碰到水仙花的汁液，一定要及时清洗干净。

水仙花的雅称

凌波仙子、金盏银台、姚女花、雪中花、栗(lì)玉花、黄玉花、雅客、俪兰、洛神香妃。

古代名人的“水仙诗词”

黄庭坚：凌波仙子生尘袜，水上轻盈步微月。

朱熹：水中仙子来何处，翠袖黄冠白玉英。

钱选：帝子不沉湘，亭亭绝世妆。

李东阳：澹(dàn)墨轻和玉露香，水中仙子素衣裳。

养左边哪种花要小心中毒呢？

清·余穉·花鸟图册

梅花枝头，四只麻雀正叽叽喳喳地交谈着。

清·余穉·花鸟图册

粉、白、黄三种颜色的秋菊争奇斗艳。

清·蒋廷锡·水仙轴

描绘了山石之间，水仙盛放的美景。

赏牡丹

［唐］刘禹锡

庭前芍药妖无格，池上芙蕖净少情。

唯有牡丹真国色，花开时节动京城。

明 · 陈淳 · 洛阳春色图

描绘了牡丹花争相开放的美景。

注释

妖无格：妖娆美丽，但缺乏格调。 **芙蕖**：荷花的别称。

净少情：洁净却缺少情韵。 **国色**：倾国倾城之美色。 **动**：轰动。

译文

庭院芍药，妖娆美丽缺格调。池塘荷花，清雅洁净情韵少。

唯有牡丹，才是倾国倾城貌。花开时节，轰动京城真热闹。

花中之王

牡丹是中国十大名花之一，有“花中之王”的美誉。

牡丹花的别称

鼠姑、鹿韭(jiǔ)、白茸(róng)、木芍药、百两金、洛阳花、富贵花。

牡丹的象征意义

牡丹雍容华贵、富丽堂皇，象征着幸福、和平、繁荣、昌盛。

古代名人与牡丹花

隋炀(yáng)帝：专门在洛阳开辟西苑，收集奇花异石，派人将从各地收集到的牡丹种植在西苑中。

武则天：传说，隆冬飘雪时节，武则天令百花齐放，百花惧于威势，一齐开放，唯有牡丹枝叶干枯，武则天愤怒地将牡丹贬至洛阳，一到洛阳，牡丹昂首绽放。

杨贵妃：杨贵妃喜爱牡丹，唐明皇命人在沉香亭、骊山行宫各处种植牡丹，还把牡丹赐给了杨贵妃的族兄杨国忠。

欧阳修：在洛阳做官时，欧阳修遍访各处，详细考察，完成了中国第一部牡丹专著《洛阳牡丹记》。

牡丹花是富贵的象征，你觉得左边的人谁会喜欢牡丹花？

清·顾见龙·贵妃出浴图

杨贵妃出浴后，身披绣花红纱衣，微笑着与宫女交谈。

清·费丹旭·十二金钗图

画中描绘的是持锄葬花的林黛玉。

清·费丹旭·探梅仕女图

一位婀娜多姿的仕女站在溪石上，左手抱着梅树，右手高高举起，正要去摘梅花。

元·钱选·八花图

白中带粉的海棠，娇艳欲滴。

海棠

［北宋］苏轼

东风袅袅泛崇光，香雾空蒙月转廊。
只恐夜深花睡去，故烧高烛照红妆。

注释

东风：春风。 **袅袅**：微风吹拂的样子。 **泛**：摇动。 **崇光**：高贵华美的光泽。 **空蒙**：朦胧。 **夜深花睡去**：唐玄宗曾夸赞睡着的杨贵妃如海棠花，这里引用此典故。 **故**：于是。 **红妆**：美女，此处比喻海棠。

译文

东风轻轻吹拂，春色更浓，雾气朦胧融着花香，月光照上了回廊。
害怕夜色深沉时，花儿睡去，只好点燃长长的红蜡烛，观赏美丽的海棠。

海棠与其他花果的组合寓意

玉棠富贵：指海棠与玉兰、牡丹组合，寓意美好和富贵。

五世同堂：指海棠与五个柿子组合，寓意子孙兴旺。

海棠的美称

花中神仙、花贵妃、花尊贵、国艳。

古代名人吟咏海棠的诗词

周紫芝：春似酒杯浓，醉得海棠无力。

陈与义：海棠不惜胭脂色，独立蒙蒙细雨中。

李清照：试问卷帘人，却道海棠依旧。知否，知否？应是绿肥红瘦。

唐寅：自今意思和谁说，一片春心付海棠。

判断左边哪幅图表达了玉堂富贵的美好寓意。

清·邹一桂·玉堂富贵图

牡丹、玉兰、海棠、杜鹃挤满了画面。上方是玉兰洁白如玉，花形饱满，枝丫间，盛开着娇小的海棠花。下方是富贵的牡丹与杜鹃在湖石上争奇斗艳。

清·沈庆兰·松芝梅竹轴

松树、灵芝、梅花、竹子组合穿插在一起，活泼鲜明。

清·女道人韵香·兰图

图中用淡墨勾勒出几丛恣意生长的兰花，兰叶细长，轻灵飘逸。

感遇·其一

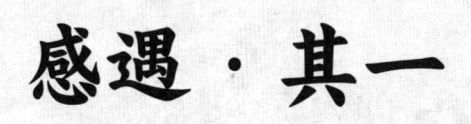

[唐] 张九龄

兰叶春葳蕤(wēi ruí)，桂华秋皎洁。
欣欣此生意，自尔为佳节。
谁知林栖(qī)者，闻风坐相悦。
草木有本心，何求美人折。

注释

葳蕤：草木因茂盛而枝叶下垂的样子。 **桂华**：桂花。 **生意**：生机勃勃。 **自尔**：自然地。 **佳节**：美好的季节。 **林栖者**：山中隐士。 **闻风**：闻到芳香。 **坐**：因而。 **悦**：喜爱。 **本心**：天性。 **美人**：指隐士。

译文

春天里的幽兰繁盛茂密，秋天里的桂花清新洁皙。
这些草木充满勃勃生机，自然地顺应了美好的季节。
不承想这里的山中隐士，因闻到芳香而满怀欢喜。
草木天性本就散发香气，又岂会乞求观赏者折取。

中国兰

中国传统名花中的兰花仅指分布在中国兰属植物中的若干种地生兰，如春兰、惠兰、建兰、墨兰和寒兰等，这就是我们通常说的“中国兰”。

君子的象征

兰花颜色素淡，香气清幽，神韵清雅，是具有高洁品行的君子象征。

兰花的别称

九畹(wǎn)、兰茝(tiáo)、国香、幽兰、服媚、第一香、郑女花、朱蕤、待女。

带“兰”的夸赞之词

兰章：比喻诗文之美。

兰交：比喻友谊之真。

兰时：指良时、春时。

兰馨(xīn)：比喻德行之美。

兰室：芳香典雅的居室。

兰桂：比喻君子或子孙。

兰闺：女子居室的美称。

兰言：喻指心意相投的言论。

宋末画家郑思肖，擅画墨兰，但经历南宋亡国之痛后，其所画兰花都是无根的，寓意南宋失去国土根基。判断左边哪幅图是郑思肖画的兰花。

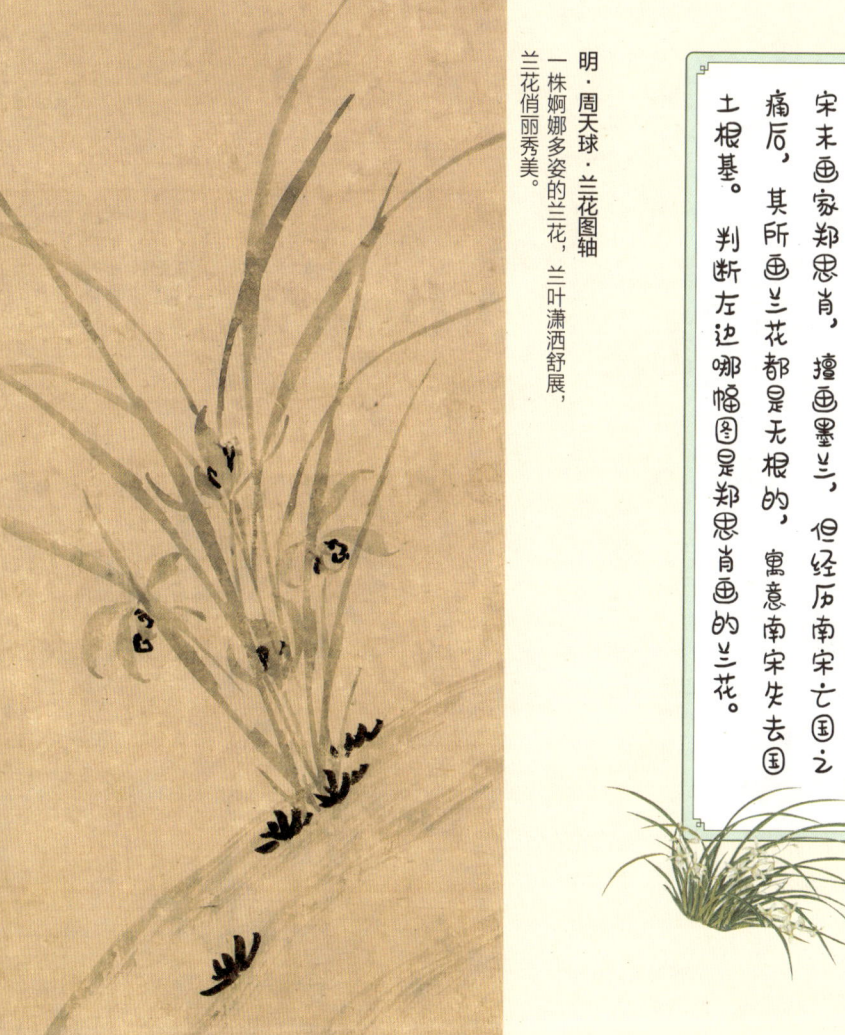

明·周天球·兰花图轴

一株婀娜多姿的兰花，兰叶潇洒舒展，兰花俏丽秀美。

明·文彭·兰花图

兰花、荆棘、杂草交错生长，兰叶舒展，兰花或俯或仰，点缀其中，一旁荆棘卷曲向上，与兰花交织在一起。

宋·郑思肖·墨兰图

兰花枝叶挺拔硬朗，无土而立，展现出清高孤傲的品格。

山石榴寄元九（节选）

［唐］白居易

闲折两枝持在手，细看不似人间有。
花中此物似西施，芙蓉芍药皆嫫（mó）母。

元·王渊·花鸟图
一只青头红嗉的小鸟，正停在花枝上，另一侧花枝上有红白粉紫四色花朵交织在一起生长。

注释

山石榴：指杜鹃花。 **持**：拿。 **西施**：春秋时期越国美女，中国古代四大美女之一。 **皆**：都。 **嫫母**：传说中黄帝的次妃，中国古代四大丑女之一。

译文

空闲之时折取两枝拿在手里，细细打量它不像人间所能拥有。

百花中此花就好似美女西施，芙蓉和芍药像嫫母不能跟它比。

杜鹃花为什么跟鸟同名？

相传，望帝杜宇化成杜鹃鸟哀鸣时，嘴角不停流血，最后把漫山遍野的花都染红了。从此，人们把这种花叫作杜鹃花。

杜鹃花的象征

杜鹃花开放时花朵繁密，颜色鲜艳，因此被视为热情、纯真、美好的象征。

杜鹃花的别称

羊踯躅(zhí zhú)、山石榴、映山红、照山红、唐杜鹃。

杜鹃花为什么叫羊踯躅？

汉代的《神农本草经》中，将羊踯躅列为有毒植物，羊踯躅是一种黄色有毒的野生杜鹃，羊如果吃了它的花和叶，就会踯躅蹒跚(pánshān)，故名“羊踯躅”。一般，有毒的杜鹃花颜色比较浅淡，无毒的则比较鲜艳。

白居易咏杜鹃花的诗句

《山石榴花十二韵》：好差(chāi)青鸟使，封作百花王。

《喜山石榴花开》：但知烂熳恣(zì)情开，莫怕南宾桃李妒。

《戏问山石榴》：小树山榴近砌栽，半含红萼带花来。

请找出左边图中的杜鹃花。

清·王武·花竹栖禽图

底部有一块巨石盘踞，左侧长出一朵盛放的红牡丹。一只鸟雀停在牡丹花枝头，几株淡竹拔地而起，或依偎着湖石，或冲出画面。

清·华喦·春谷杜鹃图

春日，和风细柳，柳树下盛开一丛杜鹃花。两只鸟儿分别立在柳枝与杜鹃花枝上，相对而望。

清·高凤翰·牡丹图

红、白牡丹在山石前盛放，花色绚丽，端正大方。

明 · 孙克弘 · 百花图

桂花小巧玲珑，一串串挂满枝头，
令人感觉芳香四溢。

zhè gū
鹧鸪天·桂花

［南宋］李清照

暗淡轻黄体性柔，情疏迹远只香留。
何须浅碧深红色，自是花中第一流。
lán
梅定妒，菊应羞，画阑开处冠中秋。
骚人可煞无情思，何事当年不见收。

注释

鹧鸪天：词牌名。 **轻黄：**浅黄。 **妒：**妒忌。 **画阑：**华丽的栏杆。

冠：居于首位。 **骚人：**指屈原。《离骚》中有许多花木，唯独没写桂花。

可煞：可是。 **情思：**情意。 **何事：**为何。

译文

淡黄色的桂花，颜色不明艳，体态也轻柔，远离尘世却浓香久留。

无须拥有鲜艳的红绿颜色，自是花中佳品。

梅花一定会妒忌，菊花也该自惭形秽，在华丽的栏杆旁盛开的桂花，就是中秋节里的百花之首。

难道是屈原真没有情意？为何《离骚》中写了许多花木，唯独没有桂花。

种桂花的古代名人

柳宗元：唐代文学家，曾经从湖南衡阳移桂花十余株栽植于零陵县。

白居易：唐代诗人，曾将杭州天竺寺的桂花移栽至苏州。

李德裕：唐代宰相，将收集的各地桂花名品引种到洛阳郊外的别墅中。

为什么古代文人喜欢桂花？

晋代郤诜(xì shēn)被人推荐为左丞相，皇帝让他自我评价，他说：“我就像月宫里的桂枝，昆仑山上的宝玉。”言外之意他自认是难得的人才。因为科举考试往往在秋天举行，而桂花也是在秋天开放的，人们便用“蟾(chán)宫折桂”比喻考中进士。赶考前，人们还会送考生桂花糕，称为“广寒糕”，有广寒高中的寓意。

桂花的寓意

在中国文化里，桂花有崇高、美好、吉祥、友好、忠贞不屈等寓意。

桂花的别称及来由

木犀(xī)：纹理如犀。

仙友：香气馥郁(fù yù)，清雅高贵。

岩桂：岩岭上生长。

九里香：浓香久远。

金粟(sù)：花色金黄，细小如粟。

秋香：秋天开放。

古代画中有白头翁、桂花和芙蓉花相结合，寓意『白头荣贵』，左边哪幅图有此寓意？

清·沈铨·花鸟图轴

茂密的花丛中，一只翎毛绚烂的锦鸡在花丛中漫步，它回头朝身后雌鸟鸣叫。一旁结满果实的枇杷树上，站着一只小鸟，眺望远方。

清·马荃·白头荣贵图立轴

两只白头翁相望于桂花树的枝头，桂花树下，芙蓉开得正好，花朵娇艳万分。

春暮游小园

［南宋］王淇

一从梅粉褪(tuì)残妆，涂抹新红上海棠。

开到荼(tú)蘼(mí)花事了，丝丝天棘(jí)出莓墙。

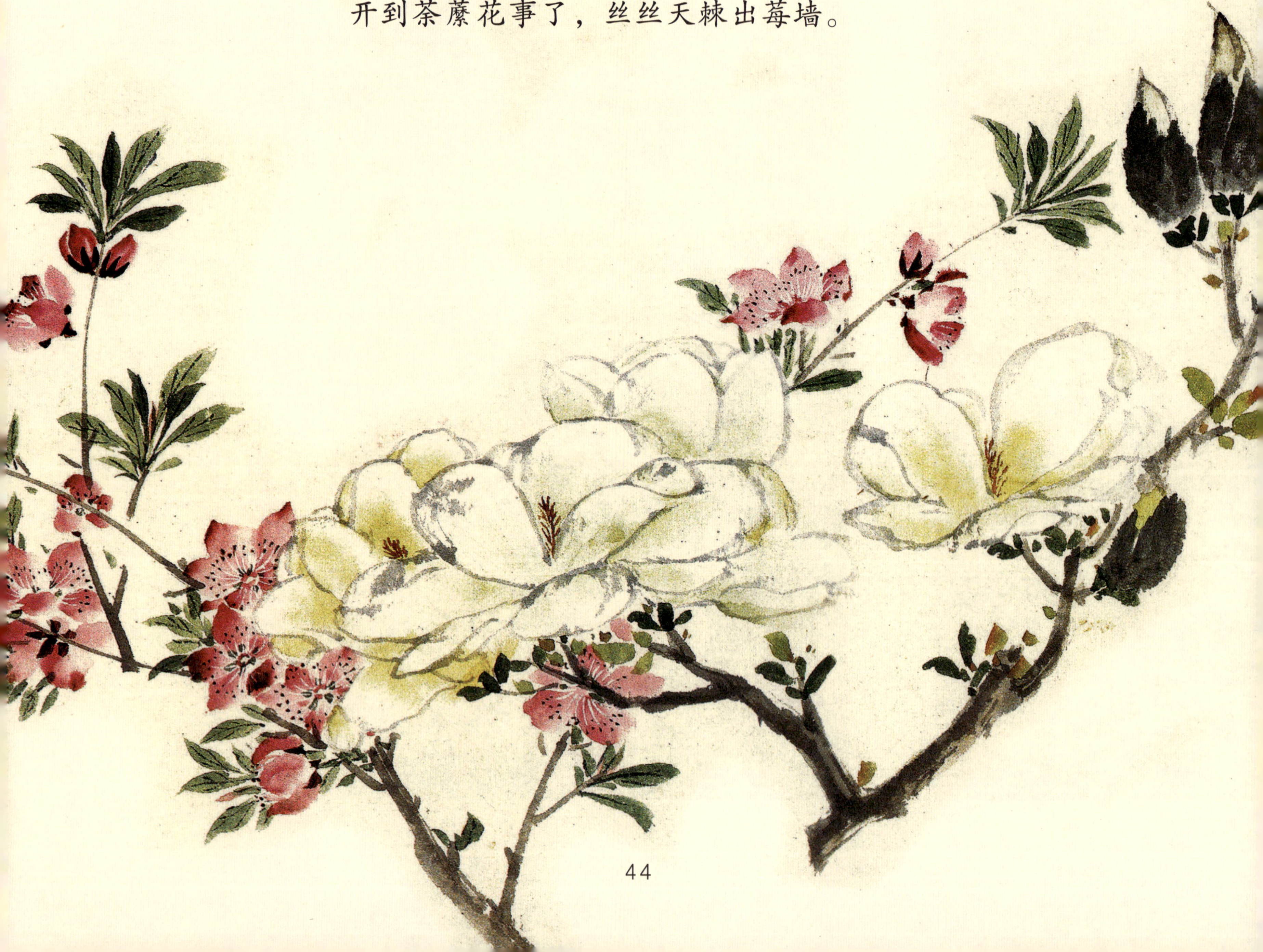

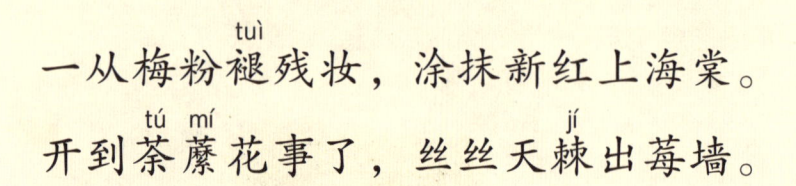

注释

一从：自从。　**褪残妆**：指梅花凋谢。　**花事了**：指春天的花全都开完。　**天棘**：即天门冬，草本植物。　**莓**：山莓。

译文

梅花凋谢像美女卸下残妆，海棠醒来开始涂抹浓妆。

荼蘼花开后春花就会开尽，丝丝天棘已经爬过莓墙。

明 · 周之冕 · 百花图

描绘了姿态各异的四季花卉

展现出一派欣欣向荣的景色。

与荼蘼花有关的宴会

北宋大臣范镇的家中有荼蘼花架，每到荼蘼盛开时节，范镇就在荼蘼花架下设宴。席间会进行游戏，规定如果有荼蘼花落入酒杯，就喝一大杯酒。花自然落下时，一人或数人饮酒。但当微风吹过，荼蘼花漫天飞舞而后落下，则在座宾客都饮酒。当时人们称这种宴会为“飞英会”。

荼蘼花的寓意

荼蘼花是春天最后开花的植物，开过之后春天就结束了，所以荼蘼花常有女子青春将逝的伤感寓意。

荼蘼的别称

佛见笑、百宜枝、独步春、琼(qióng)绶(shòu)带、白蔓君、雪梅墩(dūn)。

明·唐寅·美人春思图

衣着华贵的美人神情惆怅，纤纤玉手托着粉腮，好像在思念远方的情郎。

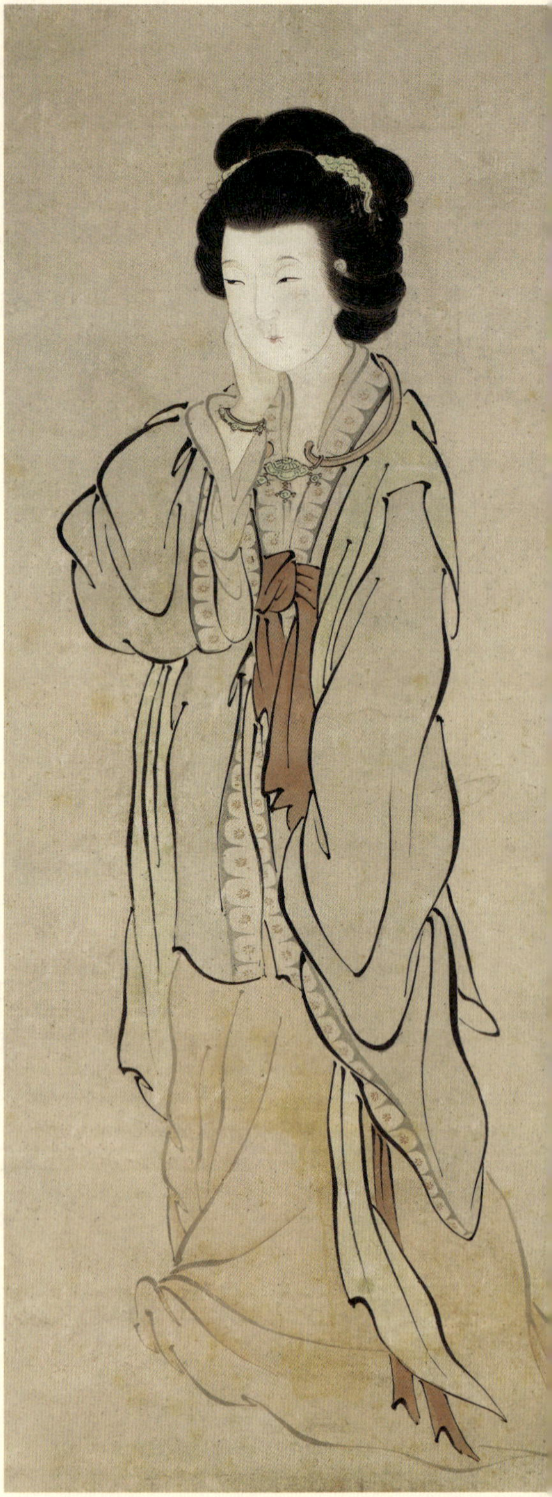

判断左边哪个人的心情有可能与看到荼蘼花时一样感伤。

明·陈洪绶·玩菊图

隐士手拿木杖，坐在矮凳上。面前是一块巨大的怪石，石上的花瓶里插满了盛放的秋菊。隐士神情淡然，注视着高洁的菊花，气质超凡脱俗。

明·仇英·周茂叔爱莲图

周茂叔为宋代理学家周敦颐。画中的周敦颐袒胸露臂，倚靠在小舟中，凝望着池塘中的莲花。

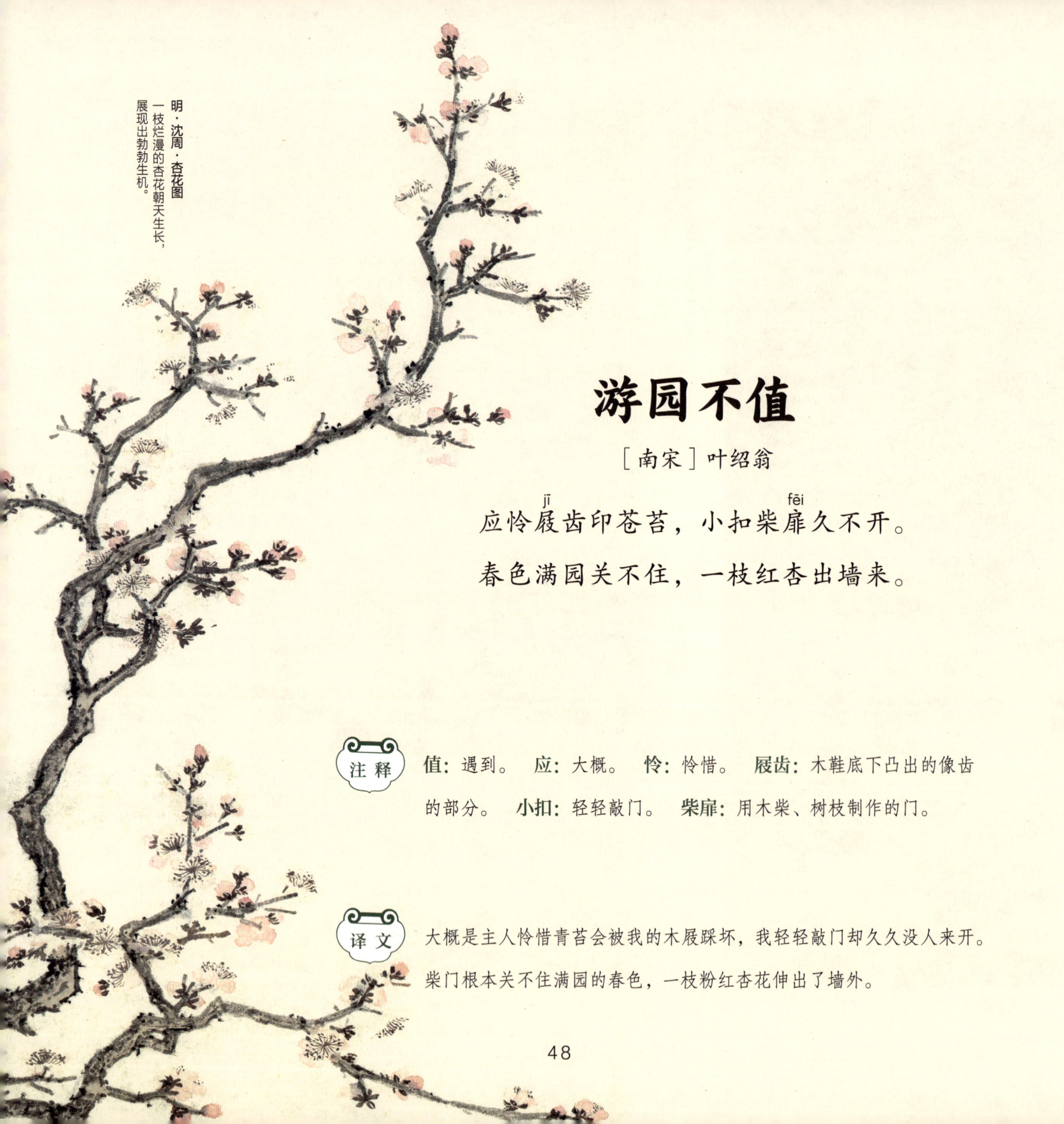

明·沈周·杏花图
一枝烂漫的杏花朝天生长，展现出勃勃生机。

游园不值

［南宋］叶绍翁

应怜屐（jī）齿印苍苔，小扣柴扉（fēi）久不开。

春色满园关不住，一枝红杏出墙来。

注释

值：遇到。 **应**：大概。 **怜**：怜惜。 **屐齿**：木鞋底下凸出的像齿的部分。 **小扣**：轻轻敲门。 **柴扉**：用木柴、树枝制作的门。

译文

大概是主人怜惜青苔会被我的木屐踩坏，我轻轻敲门却久久没人来开。柴门根本关不住满园的春色，一枝粉红杏花伸出了墙外。

清·邹一桂·杏花双燕轴

杏花怒放，开满了枝头，两只燕子相伴飞过，带来春的消息。

“红杏”不是红色?

杏花一般是白色和粉色的，之所以说“红杏”，是因为在古代红色是一个系列色，包括从淡粉色到深红色，甚至赭(zhě)石色，这些颜色都可以称为红。同时，诗中用“红杏”，也是兼顾诗歌平仄的需要。

及第花

杏花每年三月份开花，正值古代考进士的时候，所以，将它称为及第花。

杏坛

传说孔子讲学的地方种满了杏树，后来凡是用来讲学的地方，都叫作杏坛。

杏林

三国名医董奉，治病从不收钱，而是让人栽种杏树，重症痊愈者种 5 株，轻症则种 1 株，数年后，形成一片十万余株的杏林。后来，杏林便成为医学界的代称。

杏园探花宴

唐代新科进士会在杏园初次聚会，称为探花宴。众人选两名进士充当探花使者，由他们骑马游览曲江或别处，寻觅名花，并采摘回来供大家赏花。

明·刘俊·四仙图

四位仙人相聚河岸边，其中一位儒生打扮的仙人倾倒瓦罐，将白花倒入流水。身边的三位仙人，有的吹奏笛子，有的手捧葫芦，有的凝视流水。

清·方士庶·九日行庵文宴图

十六位文人在一座奢华的园林内，举办重阳节诗词歌会的场景。

判断左边哪幅图与杏园有关。

明·谢环·杏园雅集图

明朝初年的九位内阁大臣在杏园聚会，此时正值烂漫的春日，朝中重臣坐在椅子上，有的赏画，有的闲聊，身旁侍僮环绕。

清 · 禹之鼎 · 春泉洗药图

春季，一处隐藏在山水间的屋舍中，屋主人坐在软榻上，欣赏春景。两位小童手持书卷，在桥道上你追我赶。

春怨

［唐］刘方平

纱窗日落渐黄昏，金屋无人见泪痕。

寂寞空庭春欲晚，梨花满地不开门。

注释　**金屋**：指妃嫔所住的华丽宫室。　**空庭**：幽寂的庭院。

译文　纱窗外夕阳西下，黄昏渐渐降临。宫室里，无人看见我满脸泪痕。寂寞幽深的庭院内，春天快要离去。梨花纷落满地，而我紧闭院门。

梨花的寓意

梨花在暮春凋谢，“梨”又与“离”谐音，因此，梨花往往代表惆怅伤感的情绪。又因梨花颜色洁白，有时也代表着纯真的爱情。

梨花的别称

玉雨花、晴雪、淡客、香雪。

与梨花有关的情景诗句

看到下雪：千树万树梨花开。

看到人哭：梨花一枝春带雨。

跟人分离：梨花与泪倾。

晚上赏月：梨花院落溶溶月。

伤春情怀：落尽梨花春又了。

室内听雨：雨打梨花深闭门。

思念他人：记得那人，和月折梨花。

身在异乡：羞见梨花飞。

梨花凋谢：梨花欲谢恐难禁。

明·蓝瑛·仿王维雪溪图

万籁俱寂的冬季，大雪覆盖了参天老树与亭台楼阁，远处波澜不兴的湖面上，两人正乘着小舟悠然自得地垂钓。

宋·刘松年·山亭高会图卷

老者手拿木杖，走在前方引路，身后的小童背着行囊，跟在身后，身旁湖水烟波浩渺，草木苍翠。

仔细观察左边三幅图，想一想「梨花一枝春带雨」描绘的是哪一幅图的情景。

清·孙温·红楼梦图册

画面描绘的是黛玉葬花的故事。

明 · 陈洪绶 · 春风蛱蝶图

一枝梨花垂落，依偎在怪石上，另一侧水仙盛放，吸引蝴蝶驻足。

叹葵花

［唐］戴叔伦

今日见花落，明日见花开。
花开能向日，花落委苍苔。
自不同凡卉，看时几日回。

注释

向日：朝着太阳。　**委：**丢弃。

苍台：青色的苔藓。　**凡卉：**普通花草。

译文

今天看见花凋谢，明天就见到花再开。

花开时朝向太阳，花谢时落在青苔。

自然不同于普通花草，看了几日才回来。

为什么向日葵朝向太阳?

其实，只有在生长阶段的向日葵才向着太阳，白天随太阳从东向西移动，晚上再朝向东，这样有助于向日葵快速生长。当花盘成熟后，向日葵则一直朝着东南方向，这有助于提升花盘温度，吸引昆虫传授花粉。

吃葵花子能舒缓心情?

葵花子中的镁(měi)元素与钙元素可以调节神经和肌肉紧张度，缓解压力，舒缓心情。

向日葵的别称

丈菊、本番菊、迎阳花、朝阳花、转日莲、向阳花、望日莲、太阳花。

古代有瓜子吗?

向日葵是在明代中后期才传入我国的。古代虽然也有瓜子，但不是葵花子，而是甜瓜子、西瓜子等。

明 · 仇英 · 帝王道统万年图册
画中描绘的是带领百姓治水的大禹。

明 · 刘俊 · 雪夜访普图

赵匡胤与赵普围炉而坐，赵匡胤一袭白衣，身姿伟岸。他眼神专注地望着一旁侧坐的赵普，赵普两手作揖，下巴微微扬起，专注地谈论家国大事。

清 · 丁观鹏 · 乾隆皇帝洗象图

一群人正在清洗大象，大象目光望向一旁扮作普贤菩萨的乾隆皇帝，他的身旁环绕着金童、玉女、僧侣与天王。

左边三幅图的主人公分别是大禹、宋太祖和乾隆帝，判断哪个人能吃上葵花子。

明·陈栝·写生游戏图

一对鸳鸯正在池塘里戏水，
岸边布满水草、苔藓。

苔

[清] 袁枚

白日不到处，青春恰自来。
苔花如米小，也学牡丹开。

注释

苔：苔藓。 **白日：**太阳。 **青春：**生机勃勃的绿意。

译文

阳光照不到此地，苔藓仍然生机勃勃，充满绿意。

苔藓的花朵微小如米粒，也学牡丹绽放自己。

苔藓有根吗？

苔藓没有真正的根和茎，叶也没有分化，它的根、茎、叶，被叫作拟根、拟茎和拟叶。

苔藓有多“伟大”？

对于环境：吸水性好，能抓紧泥土，防止水土流失。

对于动物：可作为鸟雀或其他哺乳动物的食物。

对于农田：能分泌酸性代谢物来腐蚀岩石，加快岩石分解，形成土壤。

“土壤检测员”

不同作物适合的土壤不同，如水稻、西瓜等适合在酸性土壤中种植，菊花、茶叶等适合在碱性土壤中种植。有的苔藓植物可以作为土壤酸碱度的指示性植物，如白发藓、岩生黑藓生长在酸性土壤中，墙藓生长在碱性土壤中。

名人吟咏苔藓的诗句

刘禹锡：苔痕上阶绿，草色入帘青。

王维：返景入深林，复照青苔上。

李贺：云根苔藓山上石，冷红泣露娇啼色。

判断左边的植物所属的土壤，哪种适合墙藓生长。

宋·李迪（传）·谷丰安乐图

麻雀们被沉甸甸的稻谷吸引，连忙飞过去，围聚在饱满的谷粒下，争相抢夺食物。

元·钱选·秋瓜图

甜瓜成熟，杂乱的野草和瓜叶旁，新开一朵雪白的小花。

明·陈栝·菊石图

怪石之上，菊花凌寒开放。

清·王云、王翚·临陆治桃花鸳鸯图
正值春季，桃花盛放，娇艳欲滴。

大林寺桃花

［唐］白居易

人间四月芳菲尽，山寺桃花始盛开。

长恨春归无觅(mì)处，不知转入此中来。

注释

大林寺：在庐山大林峰，中国佛教名寺之一。　**芳菲**：指春日景色。

始：才。　**长恨**：常常惋惜。　**觅**：寻找。　**不知**：想不到。　**转**：反。

译文

四月里人间的百花凋败，深山古寺中的桃花却刚刚盛开。

我常常惋惜春光逝去而无处寻找，不承想春光已经转到这深山古寺之中。

清·恽寿平·桃花图

画中是开满了桃花的花枝。

桃花情景诗句

夸新娘美丽：桃之夭夭，灼(zhuó)灼其华。

夸女生好看：人面桃花相映红。

送别朋友：桃花潭水深千尺，不及汪伦送我情。

夸人品德高尚：桃李不言，下自成蹊。

赞美老师：桃李满天下。

回忆往事：桃李春风一杯酒，江湖夜雨十年灯。

看到桃花凋谢：花谢花飞花满天。

表达隐居时的闲适之情：寻得桃源好避秦，桃红又是一年春。

桃花的传统寓意

桃花象征着春天和爱情，而桃果有长寿、健康、生育的寓意。

“黛玉葬花”葬的什么花?

“黛玉葬花”是文学名著《红楼梦》中的经典片段。林黛玉爱花惜花，觉得花落后埋到土里最干净，就把花装进香囊，埋进土里。而这里的花，指的就是桃花。

桃花的别称

阳春花、玄都花、武陵色、红雨。

给左边每幅图中的场景配一句桃花情景诗。

明·沈周·送行图

友人乘着小舟逐渐远去，岸上的众人长揖作别。此时岸上杨柳依依，倾诉着无限的惜别之情。

清·金廷标·移桃图轴

一位男子持杖站在庭院中，手指地面，正教导面前的两名童子移栽桃花树。童子们神情凝重，正小心翼翼地挖土种树。

明·张纪·人面桃花图

一位曼妙的仕女站在桃树下，眼眸低垂，静静地欣赏着手中的桃花枝。

清·邹一桂·芙蓉轴
该画以淡墨勾勒出两枝清新淡雅的芙蓉花。

窗前木芙蓉

［南宋］范成大

辛苦孤花破小寒，花心应似客心酸。
更凭青女留连得，未作愁红怨绿看。

注释

木芙蓉：芙蓉花的别名。 **破小寒**：指芙蓉花冒着微寒天气开放。 **更凭**：就算是。 **青女**：指神话中掌管霜雪的仙女，此处比喻芙蓉花耐霜熬寒。 **愁红怨绿**：经过风雨摧残的残花败叶。

译文

孤单开放的芙蓉花冒着微寒，它心中与客居的游子一样心酸。就算是滞留在此经受着风霜的摧残，也不像其他残花败叶那般愁怨。

元·张中·芙蓉鸳鸯图

花团锦簇的芙蓉枝伸出水面，下方有一对鸳鸯，正在戏水。

花色一日三变

随着一天中气温的变化，芙蓉花中的色素和酸碱度也会发生改变，因此芙蓉花的花色一日三变。

成都别名“芙蓉城”的来历

相传，后蜀皇帝孟昶（chǎng）的妃子花蕊夫人喜欢芙蓉花，孟昶遂颁（bān）发诏令，让城中遍种芙蓉花。秋季花开时，孟昶与花蕊夫人登城楼赏花，芙蓉灿若朝霞，连绵数十里。自此，成都有了“芙蓉城”的美誉。

忠贞爱情的象征

后蜀国破，花蕊夫人被宋太祖俘虏（fú lǔ），每日对着孟昶的画像伤心流泪，宋太祖逼迫其交出画像，花蕊夫人不从，惨遭杀害。人们为了纪念花蕊夫人，便尊其为“芙蓉花神”。而芙蓉花也有了忠贞爱情的象征意义。

芙蓉花的别称

木芙蓉、拒霜花、木莲、地芙蓉、华木。

左边哪幅图表达了芙蓉花的象征意义？

明·吕纪·秋鹭芙蓉图

画中是三只鹭鸶，一只站在岸边，回过头朝空中的同伴们鸣叫，空中飞翔的两只鹭鸶盘旋而下。岸上的芙蓉花开得正盛，妩媚动人。而荷塘内，莲蓬枯萎、残荷摇摆，预示着秋天的来临。

元·张中·芙蓉鸳鸯图

花团锦簇的芙蓉枝伸出水面，下方有一对鸳鸯正在戏水。

明·钱穀·仿王蒙蕉石图

画中绘有湖石一块，湖石上生长着郁郁葱葱的芭蕉。

水仙子·夜雨

［元］徐再思

一声梧叶一声秋，一点芭蕉一点愁，三更归梦三更后。

落灯花，棋未收，叹新丰孤馆人留。

枕上十年事，江南二老忧，都到心头。

注释

水仙子：曲牌名。 **三更**：夜半时分。 **归梦**：回家的梦。 **灯花**：灯芯余烬结成的花形。 **叹新丰孤馆人留**：化用唐朝马周住新丰旅店时备受冷落的典故。**二老**：父母双亲。

译文

夜雨滴在梧桐叶上，预示了秋天的到来，夜雨打在芭蕉上的声音惹起我的离愁，夜半时分做着回家的梦。

灯花落在盘上，棋子还没有收，可叹我还在新丰旅店中滞留。

倚靠着枕头，十年经历和对父母的思念都一齐涌上心头。

清·费丹旭·芭蕉美人图

浓密的芭蕉叶下，坐着一位美丽的女子，她左手扶琴，右手正在解琴囊的系带。

芭蕉的寓意

在传统文化中，芭蕉常常代表着孤独和离愁别绪。文学作品中有“雨打芭蕉”的意象，蕴含着女子的闺阁愁怨或旅客思乡的情绪，有时也表达静听雨声的闲适之情。

怀素书蕉

蕉叶题诗是古代文人墨客的风雅之举，这种做法源于唐代僧人怀素。

十岁就出家的怀素自幼苦练书法，因为买不起纸，就在寺院种了许多芭蕉。芭蕉长大后，怀素就摘下叶子，在上面练习书法。这就是“怀素书蕉”的故事。

蕉叶覆鹿

春秋时期，郑国的樵夫打死一只鹿，怕被别人发现，就把它藏在路边的沟里，上面覆盖蕉叶。后来他去取鹿时，忘记了藏鹿的地方，还以为自己做了个梦，梦见把鹿藏起来了。后来人们用“蕉叶覆鹿”一词比喻得失荣辱如梦如幻。

明·唐寅·红叶题诗仕女图

仕女坐在芭蕉边，一手执笔，一手捧着红叶，正往红叶上题诗。她的身旁摆着一张方桌，桌上摆放笔砚与一个珊瑚笔架。

左边哪幅图与『怀素书蕉』有异曲同工之妙？

清·黄慎·麻姑献寿图

赤脚的麻姑腰别葫芦，手执芭蕉叶，注视前方。

明·文徵（zhēng）明·蕉阴仕女图轴

仕女手中拿着一柄扇子，站在庭院中，身侧是一块奇石与郁郁葱葱的芭蕉。

清·蒋廷锡·写生册
一株盛放的紫丁香上，停着两只
活泼的鸟雀。

清·邹一桂·藤花芍药轴

画中是烂漫的紫藤花与红白紫三色的盛开的芍药。

代赠二首·其一

［唐］李商隐

楼上黄昏欲望休，玉梯横绝月如钩。

芭蕉不展丁香结，同向春风各自愁。

注释

玉梯横绝：华美的楼梯横断，无法登上。 **芭蕉不展：**芭蕉心紧裹而未展开。 **丁香结：**丁香花含苞欲放的样子。 **向：**对着。

译文

黄昏独上高楼，想远眺又罢休，楼梯横断开来，新月弯如玉钩。蕉心还未展开，丁香郁结不解，同被春风吹过，各自怀着忧愁。

丁香名字的由来

丁香花的花筒细长，形状像钉子，古代的“钉”也写作“丁”，又因香气浓郁，故名丁香。

丁香的寓意

丁香花未开时的花苞称丁香结。古代文人常以丁香结比喻愁思郁结，用来写情人或友人之间的离愁。

古代的“口香糖”

丁香分为观赏丁香和药用丁香。我们说的丁香花便是观赏丁香的花朵，观赏丁香是木樨科的植物，而药用丁香则是桃金娘科的植物。它们是不同的植物。《汉官仪》中有言：“尚书郎含鸡舌香伏其下奏事。”这里的鸡舌香，指的是药用丁香的果实，也叫“母丁香”。

东汉桓帝时，有一位叫刁(diāo)存的官员，因有口臭，皇帝难以忍受，就赐给他一粒像钉子一样的东西，让他含在嘴里。刁存以为是毒药，一直不敢咽下去，回家后与亲友诀别时，才被人认出是上等香料鸡舌香。刁存吐出后，便闻到一股香气。

此后，口含鸡舌香便成了一种宫廷礼仪。

判断左边哪个人会经常口含丁香。

明·唐寅·班姬团扇图

画中的女子是西汉文学家班倢伃，她手拿团扇，独自站在棕榈树下，眺望远方。

清·黎明·仿金廷标竹溪六逸卷

一位隐士袒胸露臂，赤裸着双足，坐在河岸边。他两手往后撑在地面，眼神盯着河面，一只脚踩在石头上，另一只脚小心翼翼地朝河水伸去，好像在试探河水的深浅。

明·沈俊·陆文定人物画册

画中的男子是明代的礼部尚书陆文定，他身着红色的官袍，头戴官帽，神志湛然。

宋·佚名·榴枝黄鸟图

深秋时节，一只黄鹂衔着小虫，停在了石榴枝上，石榴的表皮破裂，露出一粒粒果实，石榴枝叶开始由绿变黄，有的已经枯萎。

咏石榴花

［北宋］王安石

今朝五月正清和，榴花诗句入禅那。

浓绿万枝红一点，动人春色不须多。

注释

入禅： 入定。僧人修行的一种方法，端坐闭眼，心神专注。 **红一点：** 指石榴花的鲜红颜色。

译文

五月早晨正平和清净，见石榴花开去禅室入定。万千翠绿中映着鲜红的石榴花，动人的春色也并不需要万紫千红。

明·周之冕·写生册

石榴树下，徘徊着两只雄赳赳、气昂昂的公鸡。它们俯下身子，瞪着对方，好像随时准备"开战"。

石榴裙的相关故事

传说杨贵妃爱穿绣满石榴花的红裙子。唐明皇整日跟杨贵妃饮酒赏花，不理朝政，大臣们对杨贵妃很不满，不对她行礼。

一次，唐明皇宴请群臣，邀杨贵妃献舞助兴，杨贵妃说大臣们对她无礼，她不愿献舞。唐明皇听了很生气，就命令群臣向杨贵妃行礼，不然重重惩罚。群臣这才向杨贵妃下跪，杨贵妃遂穿着石榴裙跳舞。后来，人们形容男子被女人的美丽所征服，就称其“拜倒在石榴裙下”。

石榴的寓意

石榴多籽，“籽”与“子”谐音，因而在传统文化中，石榴是多子多福的象征。俗语称石榴“千房同膜，千子如一”。民间嫁娶，人们在新房案头放置剖开后露出浆果的石榴，表达对新人的美好祝福。

石榴花的别称

安石榴、涂林、丹若、天浆、金罂（yīng）、金庞、若榴、山力叶、珠实。

判断杨贵妃会喜欢左边哪幅图中的服饰。

明·唐寅·王蜀宫妓图

画中，四位歌舞宫女围聚在一起。她们头戴金莲花冠，身穿云霞道衣，微微笑着，姿态妩媚。

清·金廷标·仕女簪花图

女子刚刚起床，正对镜理妆。她面带微笑地注视着桌上的铜镜，右手扶桌，左手往云鬓上插簪子。在她身后，还有一位侍女。

唐·周昉（传）·簪花仕女图

春夏之交，五位衣着华丽的贵族妇女和一位侍女在花园游玩。她们有的逗弄小狗，有的采下辛夷花，有的观赏白鹤。

清·吴昌硕·芍药花图立轴

芍药

［唐］韩愈

浩态狂香昔未逢，红灯烁(shuò)烁绿盘笼。
觉来独对情惊恐，身在仙宫第几重(chóng)。

注释

浩态：花瓣层叠、花朵很大的姿态。 **狂香**：花香浓郁。 **逢**：遇见。
红灯：指花朵。 **盘笼**：指盘旋的绿叶。 **觉来**：醒来。 **几重**：几层。

译文

芍药花花朵硕大，花香浓郁，这都是从前没有见过的。
鲜红的芍药花像是灯笼，与盘旋的绿叶相辉映。
我一觉醒来，独自面对着芍药花，心中惊疑不定，仿佛身处仙宫之中。

元·张中·太平春色图

牡丹和芍药的区别

花期：牡丹在三月份开放，芍药在春末夏初开放。

根茎：牡丹的根茎常为黑色，芍药的根茎为青绿色。

花叶：牡丹花朵比芍药大，叶片在开端分裂，芍药的叶片末端成尖状。

花朵：牡丹顶端只生一朵花，芍药顶端会生好几朵花。

四相簪(zān)花宴

北宋的韩琦在扬州做官时，花园里的芍药一枝有四杈(chà)，每杈一朵花，花瓣红色，花蕊金黄色，故称此花为金缠腰。韩琦请当时在杭州的王安石、王珪和陈适之来赏花。他剪下这四朵花，插于每人头上。传说此花开时，会有人当宰相。神奇的是，此后三十年间，这四个人相继做了宰相。

芍药的别称

将离、离草、婪(lán)尾春、余容、犁食、没骨花、黑牵夷、红药。

最好的“醒酒药”

唐代有用芍药的香气来醒酒的习俗。宴饮时，人们将芍药花摘下，放在盘内，摆在餐桌中间。一般巡酒至末座的一杯酒叫婪尾酒，又因芍药在春末开放，故称其“婪尾春”。

《红楼梦》中有一回写史湘云醉卧芍药花丛的美丽场景。判断左图中哪个是史湘云。

清·孙温·红楼梦图册

史湘云因醉酒在芍药裀下酣睡，神态娇憨，大观园的众人看了，都笑着去扶她。

清·钱维城·四气含和

一枝盛开的红色山茶花，花瓣层层叠叠，娇艳欲滴。

山茶一树自冬至清明后着花不已

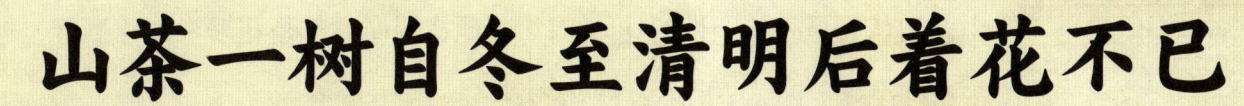

［南宋］陆游

东园三日雨兼风，桃李飘零扫地空。
唯有山茶偏耐久，绿丛又放数枝红。

注释

雨兼风：暴风骤雨。　**桃李：**桃花和李花，泛指园中花卉。

耐久：山茶花期长，可以开到春末。

译文

花园经历了三天骤雨暴风，桃花李花飘落满地，一打扫便什么也不剩了。

唯有山茶花的花期长，这时在绿叶翠丛间还能盛开朵朵红花。

清·邹一桂·白梅山茶图

一枝梅枝横斜，枝头开满雪白的梅花。而在梅花旁，盛开着鲜红的山茶花，与白梅相互映衬。

有个性的花

山茶被认为是很有个性的花。因为其他花凋谢时都是花瓣一片片飘落，而山茶却以在枝头最完美的姿态整朵落下。

山茶的别称

玉茗、耐冬、海石榴。

胜利之花

相传，明末清初，吴三桂投降清军，清朝封他为云南的平西王。吴三桂在五华山建宫殿，造阿香园，收集天下奇珍异草。听说陆良县的普济寺的一株茶花有九蕊十八瓣，他认为是稀世珍品，便派人去挖。村民反抗，茶花仙子托梦，说自有办法对付吴三桂。

移栽到了阿香园，三年内，茶花因没有开一朵花，而被吴三桂打得满身伤痕，花匠也受到了牵连。为救花匠，茶花仙子进入吴三桂的梦中，骂其卖主求荣。吴三桂醒来后深觉恐慌，就让人把茶花送回了普济寺。从此，人们视茶花为胜利之花。

清·张廷彦·平定乌什战图轴

画中是清军派兵镇压乌什叛乱，最终凯旋的画面。清军队列整齐，身着铠甲，长矛大刀闪闪寒光，将敌人团团包围。

清·冯箕·卖花图

卖花小童挑着担子，漫步在绿意盎然的乡间小径，恰巧遇上一名美丽的小姐与她的侍女。小姐望着竹篮内的鲜花，面含微笑，好似在询问鲜花的价格。

宋·佚名·春游晚归图

一位士大夫刚结束春游，带着十名仆人打道回府，士大夫骑着高头大马，神情悠闲。仆人们有的在前面开路，有的挑担，有的牵马，有的担茶炉，有的扛椅子。

判断一下，山茶花可以用在左边哪个场景。

清·董邦达·仿赵令穰春山翠霭图

远处山脉连绵，山峰高耸，缥缈的云雾在山峰间弥漫。山下是一片湖泊，湖边杨柳依依、屋舍俨然，湖中有一个人正在垂钓。

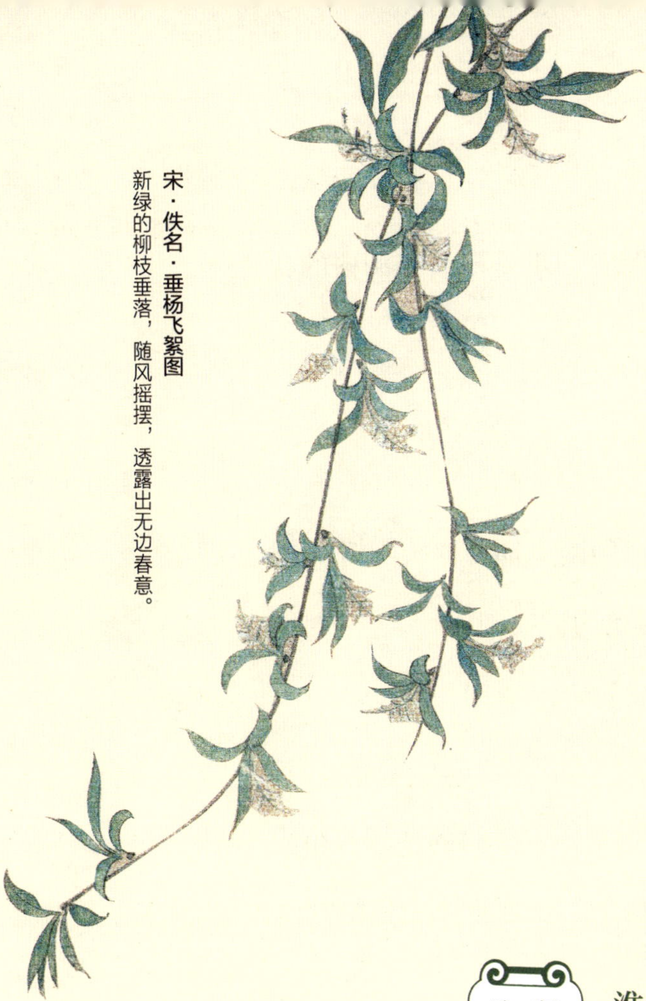

宋·佚名·垂杨飞絮图
新绿的柳枝垂落，随风摇摆，透露出无边春意。

淮上与友人别

［唐］郑谷

扬子江头杨柳春，杨花愁杀渡江人。

xiāo xiāng
数声风笛离亭晚，君向潇湘我向秦。

注释

淮：指淮水。 **扬子江**：长江的一段，在今江苏省镇江、扬州一带。 **杨花**：柳絮。 **愁杀**：满怀愁绪。 **风笛**：风中传来的笛声。 **离亭**：驿亭。 **潇湘**：今湖南省一带。 **秦**：今陕西省境内，这里指长安。

译文

扬子江岸，杨柳青青。柳絮飞舞，愁坏了渡江人。

暮色降临，驿亭外微风轻拂，传来阵阵笛声。

你要去向潇湘，而我却要奔赴长安。

杨花是什么花?

杨花指柳絮，古诗词中的“杨柳”一词不是杨树和柳树的合称，而是特指柳树，一般是垂柳。

“杨柳”的来历

隋(suí)朝，隋炀帝开通大运河，下令河的两岸都要种植柳树。因为隋朝的国姓是杨，所以后世人常称柳树为“杨柳”。

春天为什么柳絮满天飞?

其实，只有柳树的雌株才会产生飞絮，它是树的种子和衍(yǎn)生物。为了繁衍下一代，飞絮就以风为媒介，漫天飞舞，传播种子。

名人吟咏杨花的诗句

李白：杨花落尽子规啼，闻道龙标过五溪。

王安国：不肯画堂朱户，春风自在杨花。

晏(yàn)殊：春风不解禁杨花，蒙蒙乱扑行人面。

苏轼：细看来，不是杨花，点点是离人泪。

明·佚名·明熹宗朱由校像

明代皇帝朱由校身穿龙袍，端坐在宝座之上，神情肃穆。

左边分别是明熹宗、陶渊明和尧帝，判断一下他们谁会称柳树为『杨柳』。

明·唐寅·采菊图
隐士陶渊明手拿木杖，在山间行走，身旁的仆僮捧着一个插满菊花的花瓶，紧紧跟在身后。

宋·佚名·帝尧立像
传说中的上古圣贤帝尧一手抚着胡须，一手扶着腰带，神态从容自如。

答案

P7

P11

P15

P19

P23

P27

P31

P35

P39

P43

P47

P51

P55

P59

P63

• 桃花潭水深千尺，
不及汪伦送我情。
• 人面桃花相映红。
• 寻得桃源好避秦，
桃红又是一年春。

P67

P71

P75

P79

P83

P87

P91

P95

古诗词里的博物学

山水绵绵

李山 主编
文小通 著

光明日报出版社

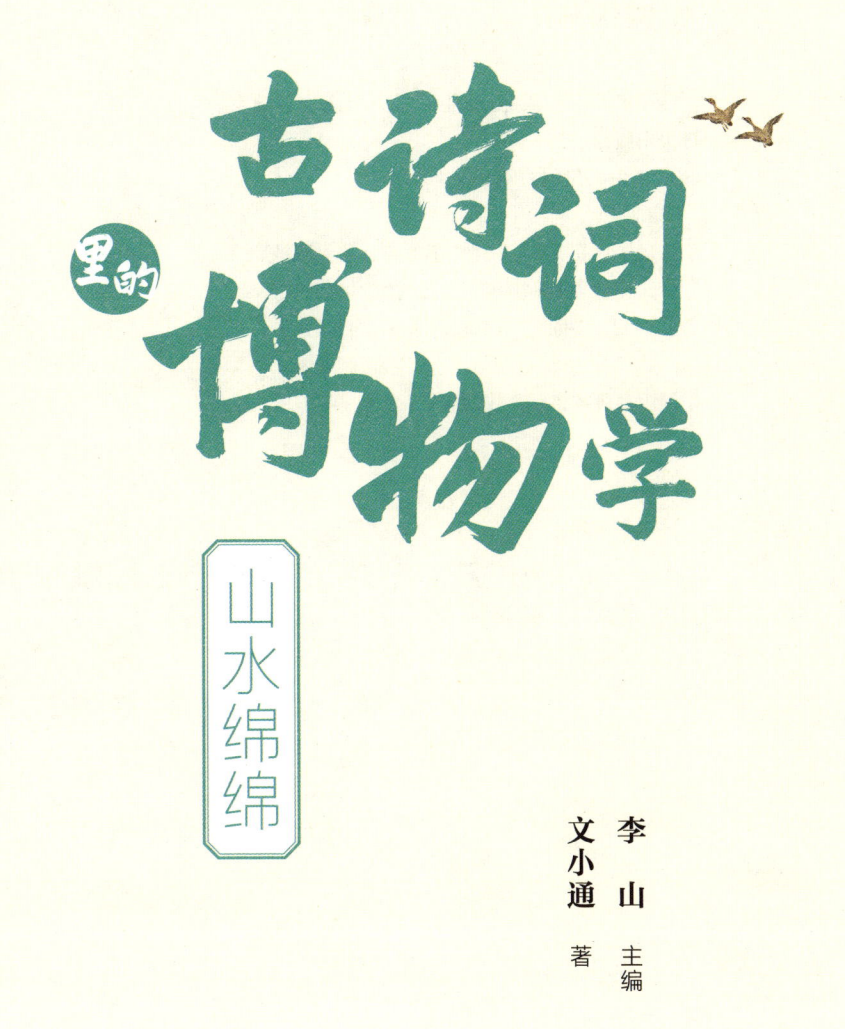

图书在版编目（CIP）数据

古诗词里的博物学．山水绵绵 / 文小通著．-- 北京：光明日报出版社，2024.1

ISBN 978-7-5194-7724-0

Ⅰ．①古… Ⅱ．①文… Ⅲ．①古典诗歌－诗歌欣赏－中国－少儿读物②山－中国－少儿读物③水－中国－少儿读物 Ⅳ．① I207.2-49 ② K928.3-49 ③ K928.4-49

中国国家版本馆 CIP 数据核字 (2024) 第 031971 号

目录

明·孙枝·秋景山水图
远处重峦叠嶂、山峦起伏，近处杂树丛丛，树叶凋零。

早发白帝城

[唐] 李白

朝辞白帝彩云间，千里江陵一日还。
两岸猿声啼不住，轻舟已过万重(chóng)山。

注释

发：启程。 **朝**：早晨。 **辞**：告别。 **彩云间**：白帝城在白帝山上，山势高耸入云。 **江陵**：在今湖北省荆州市。 **还**：返回。 **啼**：啼叫。 **万重山**：指层层叠叠的山峰。

译文

清晨告别耸入云间的白帝城，远在千里的江陵一日就能到达。
两岸的猿猴在耳边不停啼叫，不知不觉小舟已驶过万重山峦。

注：全书所选图片多为局部，不一一列举。

明·朱竺·梅茶山鹊图
图中艳丽的红山茶与横斜逸出的梅花枝相映成趣，梅花枝头停着一只蓝山鹊。蓝山鹊回首凝视着上方的红山茶。

白帝城在哪儿?

白帝城位于重庆市奉节县，地处白帝山上，东望夔(kuí)门，南与白盐山隔江相望，西临奉节县城，北倚鸡公山。

白帝是谁?

白帝城原名子阳城。西汉末年公孙述占据蜀地，在山上筑城，城内古井中有龙形白雾升腾，公孙述以为是“白龙献瑞”的吉兆，自称“白帝”。公孙述死后，当地人在山上建庙立公孙述像，称为白帝庙。

白帝城托孤

明代的罗贯中在小说《三国演义》中，写刘备为了给义弟关羽报仇，出兵讨伐东吴，兵败后退守白帝城。刘备一病不起，便召诸葛亮等人托孤，让其辅佐儿子刘禅(shàn)，并对诸葛亮说:“若阿斗是当皇帝的料子，就辅佐他；若不是，你可以取而代之。”诸葛亮听后大哭，表示定当尽忠竭力辅佐刘禅。

“诗城”的美名

白帝城素来有“诗城”的美名，李白、杜甫、白居易、刘禹锡、苏轼、黄庭坚、范成大、陆游等诗词名家都曾在白帝城留下过诗篇。仅诗圣杜甫，在奉节的两年间就写了400多首诗。

猜猜左边哪个人跟《早发白帝城》诗人的心情一样。

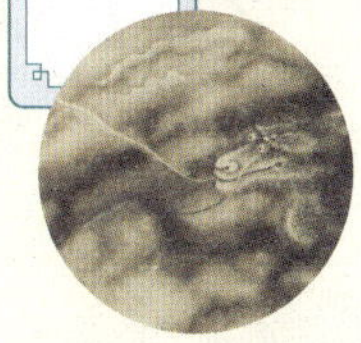

清·俞明·仕女图

优雅的仕女倚在窗边，凝望着屋外。

宋·梁楷·布袋和尚图

布袋和尚为五代后梁时僧人，传说是弥勒佛的化身。画中的布袋和尚双手捧腹，咧嘴大笑，眉眼弯弯。

清·佚名·美人折桂图

一位恬静的美人拈起一段桂花枝叶，放在鼻尖轻嗅。

明·沈周·仿黄公望富春山居图

初秋时节，远处山峦起伏，峰连壁立，一片城镇孤独地藏在群山之中，近处江水滔滔，烟波浩渺。

凉州词二首·其一

［唐］王之涣

黄河远上白云间，一片孤城万仞山。

羌(qiāng)笛何须怨杨柳，春风不度玉门关。

注释

凉州词：为曲子《凉州》配的唱词。**远上：**远远望去。**仞：**古代长度单位，一仞相当于七八尺。**羌笛：**横吹式管乐器。**杨柳：**指乐曲《折杨柳》，表达离别伤感之意。**度：**吹过。**玉门关：**汉武帝所置关隘。

译文

远远望见黄河奔腾在白云间，一座孤城耸立在万仞高的山峦。

何必用羌笛吹响《折杨柳》去埋怨春光迟来，因为春风根本吹不到玉门关。

玉门关的传说

民间传说汉武帝开通西域道路后，有一关口是西域输入玉石时的必经之路。可是每当商人骆驼队经过关口时，骆驼就会生病。商人们百思不得其解。这时，出现了一位神秘的老人，老人解释说：“这是因为商队没有祭祀守卫关口的神灵，惹得神灵不悦，只要取下一些玉石，镶嵌在城关门上，这样关口有了光彩，神灵也就高兴了。”商人遵照老人的吩咐，骆驼果然不再生病。也因此，这个关口也被称为“玉门关”。

几次移址

玉门关旧址在今甘肃敦煌西北。隋唐时，关址由敦煌西北迁至敦煌以东的瓜州晋昌县境内。到了宋代，玉门关被废除。

为什么说“春风不度玉门关”？

这里的“春风”实际上指的是夏季风，即从海洋吹来的暖湿的偏南气流。

玉门关西面有帕米尔高原，北面有蒙古高原，南面有青藏高原，东南面有贺兰山脉。四周的高大山脉阻挡了暖湿气流的进入，导致玉门关气候常年干燥、降雨量少，如荒漠一般。

判断一下左边哪幅图描绘的景色与玉门关的环境相似。

明·李士达·岁朝村庆图

新春佳节之时，坐落于山野之中的村庄热闹非凡。大人们有的品茶，有的赏画，有的忙于走亲访友。孩子们则敲锣打鼓、燃放鞭炮，庆贺新春的到来。

清·佚名·闹龙舟

端午节闹龙舟的热闹景象，画面中，装饰华美的龙舟正在江面竞渡，岸边站满了观赛的百姓。

元·刘贯道·元世祖出猎图

元世祖忽必烈率队在荒漠中狩猎，画中穿白衣骑黑马的人，就是忽必烈。侍从们有的张弓搭箭，有的举目远眺，环绕在忽必烈身边。

望庐山瀑布二首·其二

［唐］李白

日照香炉生紫烟，遥看瀑布挂前川。
飞流直下三千尺，疑是银河落九天。

注释

庐山：在今江西省九江市庐山市境内。　香炉：香炉峰。
紫烟：指日光像紫色的烟云。　三千尺：夸张的说法，形容山高。　九天：九重天，形容极高。

译文

在阳光照耀下香炉峰紫烟袅（niǎo）袅，从远处望去瀑布像长河悬挂山前。
水流奔腾而下仿佛有几千尺高，恍惚觉得是九天银河掉落山间。

明 · 文徵明 · 山水图

一位隐士独坐听泉，遗世独立。山脚下，一位小童抱着古琴，正朝隐士的方向走去。

李白“望”的是庐山的哪个瀑布?

庐山以雄、奇、险、秀闻名于世，素有“匡庐奇秀甲天下”之誉。

庐山有 171 座山峰，瀑布 22 处，最著名的是三叠泉瀑布，古人称“匡庐瀑布，首推三叠”，被誉为“庐山第一奇观”。

李白这首《望庐山瀑布》中描写的就是三叠泉瀑布。

庐山的别名

匡岭、匡岳、匡阜、匡俗山、南障山、康庐、匡山、匡庐。

与庐山有关的古代名人

慧远：东晋高僧，入庐山东林寺居住，创立净土宗。

陶渊明：东晋诗人，据说以庐山康王谷为原型，写下了《桃花源记》。

白居易：唐代诗人，在庐山筑“庐山草堂”，著有《庐山草堂记》。

吕洞宾：道家祖师，相传在庐山仙人洞修仙而居。

周敦颐(yí)：北宋儒学家，在庐山写下著名的《爱莲说》，现庐山有景点爱莲池。

想一想，左边哪幅图最符合诗歌描写的庐山景色。

清·高其佩·庐山瀑布图

三位隐士携僮仆前往庐山瀑布游玩，山上松风阵阵，一行人的衣服都被吹了起来。眼前瀑布高悬，激流与水花飞溅，壮丽无比。

元·赵孟籲(yù)·乔木高斋图

在一处屋舍外，有两棵大树，一棵拔地倚天，另一棵枝繁叶茂，树下开满了野花。屋内有一位隐士坐在案几上，望着门外的风景。

明·文徵明·丛桂斋图

这是一处依山傍水的房屋，屋外是浓密的桂花树林。屋主人正在眺望远方，他的书童站在里屋，随时听候主人的吩咐。

枫桥夜泊

［唐］张继

月落乌啼霜满天，江枫渔火对愁眠。

姑苏城外寒山寺，夜半钟声到客船。

注释

枫桥：在今江苏省苏州市虎丘区枫桥街道阊门外。 **夜泊**：夜间停泊。

乌啼：乌鸦啼叫。 **江枫**：江边的枫树。 **渔火**：渔船上的灯火。

姑苏：苏州的别称。 **寒山寺**：位于今天的苏州市姑苏区。

夜半钟声：苏州和邻近地区的佛寺，有打半夜钟的风俗。

译文

月亮已经落下，乌鸦还在啼叫，这时的天气很是寒冷。

我静坐船中，对着江边的枫树和渔船上的灯火忧愁，难以入眠。

姑苏城外的寒山古寺，半夜敲响的钟声都传到了客船。

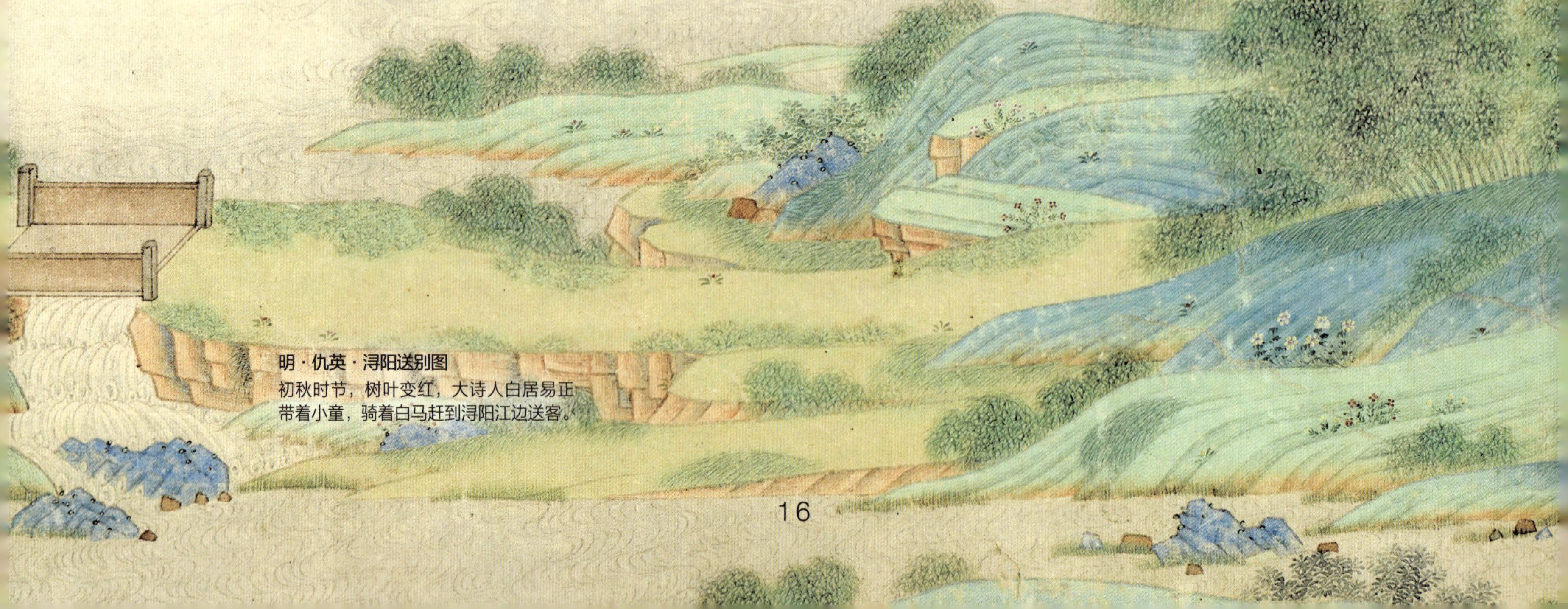

明·仇英·浔阳送别图
初秋时节，树叶变红，大诗人白居易正带着小童，骑着白马赶到浔阳江边送客。

寒山寺的名称变化

南朝：梁武帝天监年间初建，名为“妙利普明塔院”。

唐代：贞观年间，寒山、希迁两位高僧到此建立寺院，称为“寒山寺”。

南宋：称为“枫桥寺”。

“姑苏”的来源

苏州在古代称“姑苏”。相传夏朝有个叫胥(xū)的人，帮助大禹治水有功，被封在吴地，从此吴地有了“姑胥”之称。“姑”是古越语的拟声词，无实际意义。周朝以仁政治理天下，“胥”有“狱卒”之意，人们认为不祥，“苏”又与“胥”发音相近，因此有了“姑苏”的名称。

夜半钟声从哪里来？

从南朝梁武帝时期开始，寺院里每天都要撞钟。钟分两种：一种是佛堂里体形较小的唤钟，用来召集和通知僧众；另一种是钟楼上体形较大的梵钟，每天早晚撞击两次，每次撞 108 下。至于为什么要撞 108 下，有一种说法认为，人生有 108 种烦恼，撞 108 下钟，108 种烦恼就会随之消失。

判断左边哪一个意象是《枫桥夜泊》诗中没有的。

元·吴廷晖·龙舟夺标图

三艘龙船正在竞渡，中间的主船装饰奢华，坐满了衣着华美的游客。前后两艘船为主船保驾护航，船上敲锣打鼓、摇旗呐喊。仪仗队正在岸上等候，场面热闹非凡。

宋·李成（传）·寒鸦图

冬季一场大雪过后，树林间突然飞来一群乌鸦。它们围聚在溪边，有的在雪地里觅食，有的站在树枝上远眺。

元·佚名·花鹅小景图

花草丛中有一只白色的大鹅，它曲颈回首，憨态可掬。

独坐敬亭山

［唐］李白

众鸟高飞尽，孤云独去闲。
相看两不厌，只有敬亭山。

元 · 方从义 · 云山图
群山蜿蜒、层峦叠嶂，云雾在山峦间流淌的壮丽景象。

注释

敬亭山：在今安徽省宣城市北。**尽**：没有了。**独去**：独自飘浮。

两：指诗人和敬亭山。 **厌**：嫌弃。

译文

一群鸟儿飞向高空，消失得无影无踪。一朵孤云悠闲地飘浮而去。

和我对望而不会相互嫌弃的，恐怕只有眼前的敬亭山了。

敬亭山名称的由来

敬亭山原名昭亭山，晋朝建立后，为避讳晋文帝司马昭，改称敬亭山。

敬亭山的魅力

李白一生中曾七次登上敬亭山，那么，敬亭山有什么魅力会让大诗人李白多次登临呢？

• 偶像的力量

李白非常推崇南齐山水诗人谢朓（tiǎo）。谢朓做过宣城太守，也作过许多吟咏敬亭山的诗，还在当地建了“谢朓楼”，这吸引了李白到宣城游历，登临敬亭山。

• 杜鹃花海

敬亭山上长满了杜鹃花，每年三月份，杜鹃开放，宛如花海。

• 清香茶园

游山、作诗、饮酒、品茗，是李白的爱好，而敬亭山下种植了大量茶叶，这就是后来独一无二的敬亭绿雪茶。

• 玉真公主

玉真公主李持盈是唐玄宗李隆基的胞妹，年轻的时候做了女道士，李白一生好道，与修道的玉真公主算是同道中人。后来玉真公主在敬亭山修道，所以李白几次登上敬亭山。

敬亭山属于黄山支脉，黄山有五绝：奇松、怪石、云海、温泉、冬雪。判断左边哪座是黄山。

清·弘仁·黄海松石图

画中描绘的是黄山后海的山景。扭曲的枯松挺立于悬崖绝壁之上，枝节苍劲，极具气魄。

元·马琬·溪山新雨图

画中是一场早春新雨过后的山间景色。

明 · 王履 · 华山图

一老翁登临华山，举目远眺。

咏华山

［北宋］寇(kòu)准

只有天在上，更无山与齐。

举头红日近，回首白云低。

注释

华山： 在今陕西省渭南市华阴市。

与齐： 和它一样高。　**红日：** 太阳。

译文

华山之巅就是青天，没有山峰与它比肩。

抬头一望红日并没有多远，回首看去白云低悬。

明·王履·华山图

华山绝壁，云雾缭绕，山峦隐现，劲松扎根在山石之间。

自古华山一条路

唐朝之前，并没有通向华山峰顶的道路。唐朝道教兴盛，道徒们开始在华山隐居并建立道观，逐渐在北坡沿溪谷而上开凿了一条险道，这就是人们所说的“自古华山一条路”。

华山论剑

华山论剑是金庸先生所著的《射雕英雄传》和《神雕侠侣》中的情节，各大武林高手在华山峰顶比武，争夺天下第一。之所以选在华山，大概是因为华山素有“奇险天下第一山”的说法，在这里较量，更能显出武艺高超。

华山的别称

西岳、太华山。

陈抟(tuán)老祖

陈抟是古代的道士，活动于唐末宋初之际，宋太宗赐号“希夷先生”，常游历于华山、武当山之间，后在华山隐居 40 多年，于华山张超谷去世，享年 118 岁，人称“陈抟老祖”。

判断左边哪幅图是华山。

明·唐寅·华山图

画中描绘了巍峨险峻的华山小道。

清·郑旼·黄山八景图册

黄山一处幽静的山谷，山泉自峰顶流下，树木旺盛，水边屋舍俨然。

望岳

［唐］杜甫

岱(dài)宗夫如何？齐鲁青未了。

造化钟神秀，阴阳割昏晓。

荡胸生曾云，决眦(zì)入归鸟。

会当凌绝顶，一览众山小。

注释

岱宗：泰山的别称。 **夫**：语气词，无实际意义。 **如何**：怎么样。 **齐鲁**：代指山东地区。 **青未了**：郁郁苍苍，无边无际。 **造化**：大自然。 **钟**：聚集。 **神秀**：天地灵气，神奇秀美。 **阴阳**：山之南为阳，山之北为阴。 **割昏晓**：分隔黄昏和早晨，指山南山北判若早晨和晚上。 **荡胸**：心胸激荡。 **曾**：同“层”，重叠。 **决眦**：眼眶几乎要裂开，这里指睁大眼睛看归鸟。 **会当**：终当，定要。 **凌绝顶**：登上最高峰。

译文

泰山究竟如何雄伟壮阔？它横跨齐鲁大地，青色的山峰延绵不绝。

大自然将神奇秀美的景象都聚集在这里，山南山北分隔黄昏和早上。

层层白云从山峰间升起，让我心胸激荡。我睁大眼睛，将归林的飞鸟尽收眼底。

定要攀登到山峰顶上，俯瞰山下众多渺小的山冈。

明·萧云从·江山胜览图

近处山峰高耸入云，直冲云霄，远处山势渐缓，众多小山头林立。

泰山封禅

封禅是中国古代帝王在太平盛世或天降祥瑞之时祭祀天地的大型典礼，封是“祭天”，禅是“祭地”，一般由帝王亲自到泰山上举行，报告帝王的政绩。宋真宗之后，帝王来泰山只举行祭祀仪式，不再进行封禅。

泰山石

泰山石产于泰山周边的溪流山谷。民间有泰山石能避邪、镇宅等传说，因此有的地方住宅上还写有“泰山石敢当”的字样。

古代著名宫殿，如天贶(kuàng)殿、大成殿、金銮(luán)殿，都是用泰山石来铺垫的，取“稳如泰山”的寓意。

泰山的别称

岱山、岱宗、岱岳、东岳、泰岳。

泰山四大奇观

泰山日出、云海玉盘、晚霞夕照、黄河金带。

宋·佚名·唐太宗立像

唐太宗李世民身穿明黄色龙袍，双手扶住玉带，昂首挺立，器宇轩昂。

左边从左至右分别是唐太宗、宋太宗和道光帝，判断谁没有在泰山封禅过。

宋·佚名·宋太宗立像轴

宋太宗赵匡义身穿白袍，腰间系朱带，双手平放在胸前。

清·佚名·道光帝朝服像轴

清代的道光皇帝身穿朝服端坐在龙椅上，一手握朝珠，一手放在膝上。

清 · 萧云从 · 讯舟郡城图卷

江岸山峦起伏，云烟浩渺，广阔的江面上船只来来往往，船上人或坐或立，形态不一。

终南山

［唐］王维

太乙近天都，连山接海隅(yú)。
白云回望合，青霭(ǎi)入看无。
分野中峰变，阴晴众壑(hè)殊。
欲投人处宿，隔水问樵夫。

注释

终南山： 位于陕西省境内秦岭山脉中段。 **太乙：** 终南山别名。 **天都：** 传说天帝居所，这里指都城长安。 **海隅：** 海边。 **青霭：** 山中的雾气。 **分野：** 古人以天上二十八星宿的位置来区分地域，即分野。 **壑：** 山谷。 **殊：** 指众山谷的天气各有不同。 **人处：** 有人烟处。

译文

巍峨的终南山接近长安，连绵不绝的山峦到海边。
山下的白云滚滚连成片，朦胧雾气入山消失不见。
中央主峰将终南山东西隔开，众山谷阴晴变幻，天气各不相同。
想在山中找人家住一晚，隔着水问樵夫哪里方便。

终南捷径

唐中宗时期有个叫卢藏用的书生，为了提高自己的名望，就去终南山隐居，后来果然如愿做官。而他的好友道士司马承祯(zhēn)则淡泊名利，隐居不出。后来二人相见，卢藏用说：“终南山的确其乐无穷啊。”司马承祯坦然一笑：“的确，终南山是做官的捷径。”此后，“终南捷径”便比喻古代文人出仕做官的便捷途径。

“寿比南山”是什么山？

《诗经》中写：“如南山之寿，不骞(qiān)不崩。”意思是像南山一样长寿，永不山崩。南宋大儒朱熹曾注释：“南山，终南山也。”

终南山的别称

太乙山、地肺山、中南山、周南山、太白山、太一山。

曾在终南山隐居的古代名人

姜子牙：西周开国元勋。

商山四皓(hào)：秦末汉初著名隐士。

鸠(jiū)摩罗什(shí)：东晋时期后秦高僧。

孙思邈(miǎo)：唐代名医，被称为“药王”。

王维：唐代诗人，被称为“诗佛”。

王重阳：宋代道教全真道的创始人。

想一想，左边哪人最可能是隐居山林的读书人呢。

明·陈洪绶·饮酒读书图轴

一名身穿朱衣的儒士，端坐在兽皮上饮酒读书，神情悲愤。桌面右侧的花瓶中插着梅花与竹叶，左侧放着铁如意，寓意画中文人刚正劲挺的品格。

明·佚名·顾绣八仙庆寿挂屏

吕洞宾头戴华阳巾，手拿拂尘，身背宝剑，气质超凡脱俗。

明·石锐（传）·朱买臣负薪读书图

画中描绘的是西汉名士朱买臣『负薪读书』的典故。朱买臣肩上挑着一担柴火，手中捧着一卷书，一边劳作，一边聚精会神地阅读。

登鹳(guàn)雀楼

[唐] 王之涣

白日依山尽，黄河入海流。

欲穷千里目，更上一层楼。

注释

鹳雀楼： 旧址在今山西省永济市。 **白日：** 太阳。 **依：** 依傍。 **尽：** 消失。 **欲：** 希望、想要。 **穷：** 尽。 **千里目：** 眼界宽阔。 **更：** 再。

译文

夕阳落到山下头，黄河朝着大海流。

想要将千里风光尽收眼底，还得再上一层楼。

清 · 高翔 · 山水册

一片辽阔而空旷的江面，两岸山峦起伏，江岸边停泊着一叶小舟，舟上坐着一位渔夫。

鹳雀楼名字的由来

鹳雀楼，又名鹳鹊楼，始建于北周时期，由北周大将军宇文护所建，因时有鹳雀栖息其上而得名。

被毁和重修

金代元光元年，即1222年，鹳雀楼遭大火焚毁。1997年，鹳雀楼重修，在油漆彩画设计方面，效仿唐代彩画艺术的风格，重新创作，鹳雀楼也是唯一采用唐代彩画艺术恢复的唐代建筑。

与鹳雀楼有关的诗

鹳雀楼自建立之后，各朝许多文人都会登临作诗，除本诗外，比较出色的有李益和畅当的诗。

同崔邠（bīn）登鹳雀楼

［唐］李益

鹳雀楼西百尺樯，汀（tīng）洲云树共茫茫。

汉家箫鼓空流水，魏国山河半夕阳。

事去千年犹恨速，愁来一日即为长。

风烟并起思归望，远目非春亦自伤。

登鹳雀楼

［唐］畅当

迥（jiǒng）临飞鸟上，高出世尘间。

天势围平野，河流入断山。

明·唐寅·山水人物图

群山怀抱中有一位雅士，他昂首挺立，遥遥注视着山涧对面崖壁上的古松。

判断左边哪个人跟王之涣观景的姿势相像。

明·朱瞻基·武侯高卧图

在竹林的掩映下，诸葛亮袒胸露臂，侧卧草地，神情安逸。

望洞庭

［唐］刘禹锡

湖光秋月两相和，潭面无风镜未磨。
遥望洞庭山水翠，白银盘里一青螺(luó)。

注释

洞庭：湖名，在今湖南省北部。　**和**：指水色与月光交相辉映。

镜未磨：湖面无风，水平如镜。　**白银盘**：形容洞庭湖面平静清澈。

青螺：这里指洞庭湖中的君山。

译文

洞庭湖上月光和水色相融合，湖面平静好似铜镜未打磨。

远远望去青山绿水苍翠如墨，如银白盘中装着一枚青螺。

清·费丹旭·玉湖秋泛图

杨柳垂首，草木秋色，船客乘坐小舟在湖上游玩。

洞庭湖的别称

云梦、云梦泽、九江、五渚、五湖、三湖、重湖。

湖中湖

莲湖本是洞庭湖的一个港汊(chà)，经过多年的围垦治理，成为“湖中之湖”。莲湖有“千里荷花荡”的美誉，盛产莲子，名曰“湘莲”，是莲中珍品。

湘妃

上古时期，尧(yáo)帝把皇位禅让给了舜(shùn)，同时，把自己的两个女儿娥皇和女英嫁给了舜。舜即位后为了除去湘江里的九条恶龙而离家，娥皇、女英非常想念舜，便去寻找。二人乘船经过洞庭湖时，被大风阻隔到洞庭湖中的小岛君山上，她们在此得知了舜去世的消息，顿时泪如雨下，泪水滴在竹子上，形成点点泪斑，二人在悲痛之下，最终跳入湘江而死，化为湘水之神，后人称二人为“湘妃”。

判断左边哪幅图最有可能是湘妃。

明·文徵明·湘君湘夫人图

画中湘君在前，湘夫人在后。湘君手持羽扇，侧身朝身后的湘夫人看去。

元·佚名·游园仕女图

早春时节，梅花盛放，一名贵族女子带着侍女到庭院里游玩。女子手持梅枝，侧身后顾，表情生动。身后的侍女捧着花瓶，瓶中插着梅花枝。

清·许良标·芭蕉美人图

清雅的园林内，一位衣着华美的女子倚靠假山，坐在芭蕉下乘凉。她扇动手中的芭蕉扇，目光低垂，欣赏着眼前盛放的荷花。

黄鹤楼

hào
［唐］崔颢

昔人已乘黄鹤去，此地空余黄鹤楼。
黄鹤一去不复返，白云千载空悠悠。
晴川历历汉阳树，芳草萋萋鹦鹉洲。
日暮乡关何处是？烟波江上使人愁。

清·钱杜·天池修禊图
风和日暖的早春，湖水初涨，柳条垂拂，大地一片绿意，到处是生机勃勃的景象。画面右下角，一队游人骑着马，带仆人外出踏青。

注释

黄鹤楼：故址在今湖北省武汉市武昌区。 **昔人**：传说古代有一位名叫费祎（yī）的仙人，在此乘鹤登仙。 **空**：只。 **晴川**：晴日的原野。 **历历**：清楚可数。 **汉阳**：地名，在黄鹤楼之西，汉水北岸。 **萋萋**：形容草木茂盛。 **鹦鹉洲**：在湖北省武汉市武昌区西南。 **乡关**：故乡。

译文

昔日的仙人已驾鹤飞走，眼前只剩下空荡荡的黄鹤楼。
黄鹤一去再也没有返回，千百年来只有白云飘飘悠悠。
阳光下的汉阳，树木清楚可数，鹦鹉洲上也长满了茂盛的芳草。
暮色升起，可我的家乡在何处？江上烟波渺渺真是惹人发愁。

黄鹤楼的地位

黄鹤楼与晴川阁、古琴台并称为“武汉三大名胜”，与湖南岳阳的岳阳楼、江西南昌的滕王阁并称为“江南三大名楼”。

黄鹤楼的来历

据传，黄鹤楼原名“辛氏楼”，即一姓辛的人开的酒楼。一天，来了一位衣衫褴褛(lán lǚ)的道士，辛氏并未因其付不起酒钱而怠慢，日日以美酒相待。道士感念其慷慨，用橘子皮在墙上画了一只鹤就走了。因为橘皮是黄色的，因此鹤也呈黄色。多年之后，道士再次来喝酒，吹笛奏曲，墙上的黄鹤飞下，道士随即驾鹤飞走了。为了纪念这个道士，后人便称辛氏楼为“黄鹤楼”了。

黄鹤楼的古代“代言人”

孙权：三国时东吴国主，在黄鹄(hú)矶建军事楼，用于瞭望守戍，即黄鹤楼。

祖冲之：南北朝数学家，撰写的《述异记》中写有人在黄鹤楼遇见仙人驾鹤并与之交谈的故事。

崔颢：唐朝诗人，一首《黄鹤楼》使黄鹤楼名声大噪。

李白：唐朝诗人，有《黄鹤楼送孟浩然之广陵》的黄鹤楼相关诗和搁笔典故。

乾隆帝：清高宗，为黄鹤楼题“江汉仙踪”四字横匾，后又御制诗碑置于黄鹤楼中。

判断左边哪个有可能是黄鹤楼。

宋·王诜（shēn）·飞阁延风图

两位仕女站在楼台远眺，另一位留在屋内，在桌边把玩古玩。阁楼前草木郁郁葱葱。

元·夏永·黄楼赋图

黄鹤楼内的人们纵情欢饮，阁楼外是浩渺的远山与渐飞渐远的黄鹤。

明·仇英·松亭试泉图

画中山势峥嵘，云雾缭绕，一道瀑布从山腰飞流直下，汇入山脚的河流。河边是一片松林，松林间画有一亭子，亭中的隐士侧头赏景，一名童子蹲在地上收拾柴火，另一名童子正蹲在溪边汲水。

登金陵凤凰台

［唐］李白

凤凰台上凤凰游，凤去台空江自流。
吴宫花草埋幽径，晋代衣冠成古丘。
三山半落青天外，二水中分白鹭洲。
总为浮云能蔽日，长安不见使人愁。

清·吴宏·燕矶莫愁湖图

湖面烟波浩渺，湖边茂密的树林与沿河岸散居的村落都被烟霭笼罩，望不清远方，看不见太阳，引起行人阵阵愁绪。

注释

凤凰台：在今南京市凤凰山上。　**吴宫：**三国时孙吴所建宫殿。　**衣冠：**士大夫的穿戴，这里指豪门世族。　**三山：**旧址在今南京市三山街。　**半落青天外：**形容极远，看不清楚。　**二水：**指秦淮河流经南京后，西入长江，被横截其间的白鹭洲分为二支。　**浮云蔽日：**浮云遮住太阳，喻朝中奸佞（nìng）之徒蒙蔽君主。　**长安：**这里指朝廷和皇帝。

译文

凤凰台上曾有凤凰来闲游，凤凰走后只剩江水向东流。

吴国宫里的小径被花草淹没，晋代王公贵族们的锦衣玉冠如今也深埋地下，化作古丘。

三山云雾朦胧如落青天外，白鹭洲将秦淮河一分为二。

满天的浮云遮挡住了太阳，望不见长安使我感到心忧。

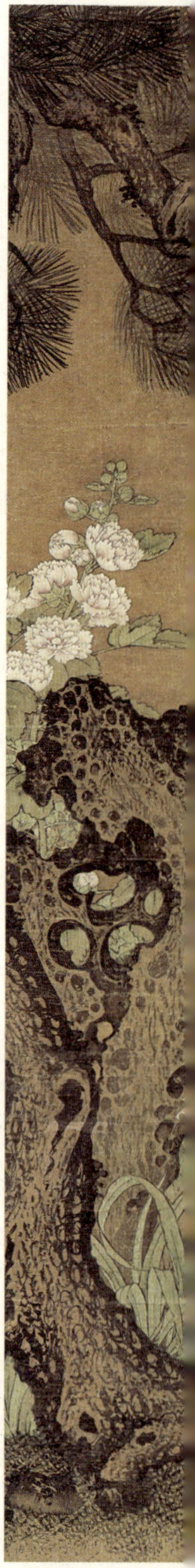

百鸟朝凤

南朝宋文帝年间，有三只五彩鸟儿飞到都城建康（今南京市）永昌里的贵族花园中，吸引了成百上千的鸟儿跟随。人们认为这三只鸟就是凤凰，群鸟跟随的景象就是传说中的“百鸟朝凤”。负责管辖建康的彭城王刘义康下令将永昌里改名为凤凰里，又在保宁寺后山上建立楼台纪念，取名凤凰台，该山取名为凤凰山。

凤凰台附近有什么？

杏花村：据说杜牧的名句“借问酒家何处有，牧童遥指杏花村”中的杏花村就在附近。

衣冠冢(zhǒng)：竹林七贤之一的阮(ruǎn)籍和晋代文学家郭璞(pú)的衣冠冢都在附近。

本诗是怎么来的？

据传，李白曾登临黄鹤楼，诗兴大发，刚拿起笔来，就看到了崔颢的《黄鹤楼》一诗，不觉钦佩赞叹，一时感慨写道：

一拳捶碎黄鹤楼，一脚踢翻鹦鹉洲。

眼前有景道不得，崔颢题诗在上头。

写完，李白便搁笔不写了。这就是李白搁笔的故事，后人为纪念此事，在黄鹤楼东侧，修建了李白搁笔亭。从此，黄鹤楼的名气更大了，李白也仿照崔颢的《黄鹤楼》，写下了著名的《登金陵凤凰台》。

仔细观察左边三幅图，判断哪只是凤凰。

明·王守谦·千雁图

南飞的秋雁围聚在湖边，有的展翅翱翔，有的放声鸣叫，有的游泳嬉戏，活泼可爱。

清·沈铨·百鸟朝凤图

一个以凤凰为首的鸟类社会，来比喻百姓在明君统治下安居乐业。画中的凤和凰栖息在树上，身边环绕着仙鹤、鸳鸯等代表祥瑞的鸟儿。

元·陈琳·锦鸡图立轴

苍劲的松枝上，栖息着两只羽毛华丽的锦鸡，一只回首侧立，一只高高仰起脖子。松树下有一片花丛，花丛边，一群水鸭正排队跳入池塘。

明·文徵明·赤壁胜游图

初冬时，宋朝大诗人苏东坡与友人一同前往赤壁游玩，两岸连绵的山峦夹着大江，波澜不兴的江面漂荡着一艘小船，船上坐着苏东坡与友人们。

赤壁

［唐］杜牧

折戟(jǐ)沉沙铁未销，自将磨洗认前朝。
东风不与周郎便，铜雀春深锁二乔。

注释

戟：古代兵器。 销：销蚀。 将：拿起。 东风：指火烧赤壁一事。 周郎：指周瑜。 铜雀：即铜雀台。 二乔：大乔和小乔，分别嫁给孙策和周瑜，合称“二乔”。

译文

铁戟沉没在水底沙中还未销熔，磨光洗净后才知是当年赤壁之战所用。假使当年周瑜没有得到东风的帮助，大乔小乔可能都被锁在铜雀台中。

铜雀台的由来

三国时，曹操消灭袁氏兄弟后，夜宿邺(yè)城（今河北省临漳县），半夜见到地面升起一道金光，第二天在金光处挖到一只铜雀，认为是吉兆，遂决定在漳水之上建立楼台以作纪念，名为铜雀台。

邺城三台

在邺城，曹操不只建立了铜雀台，还有金凤台、冰井台，合称“邺城三台”。

邺下文人集团

铜雀台建立之后，曹操经常邀请当时的文学家畅游铜雀台并宴饮赋诗。最著名的就是曹氏兄弟（曹丕(pī)、曹植）和建安七子（孔融、陈琳、王粲(càn)、徐干、阮瑀(yǔ)、应玚(yáng)、刘桢(zhēn)），还有从匈奴归汉的才女蔡文姬。这些围绕在曹操周围的文人与曹操一同被称为“邺下文人集团”。

邺下文人的代表作

曹操:《步出夏门行》《短歌行》。

王粲:《初征》。

曹丕:《典论》《燕歌行》。

曹植:《洛神赋》《登台赋》。

蔡文姬:《悲愤诗》《胡笳(jiā)十八拍》。

判断左边哪种活动不可能在铜雀台上发生。

元·佚名·寒原猎骑图

画中两个骑兵张弓搭箭，正在追击一只仓皇逃命的野鹿。

清·樊圻（qí）·兰亭修禊图

东晋时，有一年的上巳节，王羲之与其余名士前往会稽山阴的兰亭聚会，名士们在兰溪边饮酒、赋诗、观山赏水。

唐·孙位·高逸图

四位名士坐在华贵的毯子上，身边分别有一名小童服侍。

元·钱选·烟江待渡图

画中远山如黛，近水含烟，青绿的树丛怀抱着一处茅草屋，气氛恬淡宁静。

乌衣巷

［唐］刘禹锡

朱雀桥边野草花，乌衣巷口夕阳斜。
旧时王谢堂前燕，飞入寻常百姓家。

注释

乌衣巷：南京城内街名。　**朱雀桥**：六朝时金陵正南朱雀门外横跨秦淮河的大桥。　**王谢**：指晋代琅琊王氏与陈郡谢氏两个世家大族。
寻常：平常。

译文

朱雀桥边长满丛丛野草和野花，乌衣巷口的残垣(yuán)映照在夕阳下。
昔日燕子在王谢贵族堂前筑巢，如今都已飞入平民百姓的家中。

乌衣巷名字的由来

乌衣巷是晋代王谢两家豪门大族的宅第，两族子弟都喜欢穿乌衣以彰身份尊贵，因此得名。

“王谢”贵族的名人举例

王谢是六朝望族琅琊（láng yá）王氏与陈郡谢氏的合称，后成为显赫世家大族的代名词，合称“王谢”。

琅琊王氏的名人举例

王导：东晋开国元勋。

王旷：东晋书法家，王导的堂弟，王羲之的父亲。

王羲之：东晋书法家，世称“书圣”。

王献之：王羲之第七子，与王羲之并称“二王”，世称“小圣”。

陈郡谢氏的名人举例

谢安：东晋政治家。

谢玄：东晋名将。

谢灵运：南北朝文学家，母为王羲之的外孙女刘氏，山水诗派鼻祖，世称“大谢”。

谢朓：南齐诗人，与谢灵运同族，世称“小谢”。

左边图中的主人公分别是谢灵运和王羲之，说说两个人之间的关系。

明·陈洪绶·羲之笼鹅图

王羲之身着橙色长袍，手执纨扇，气质超然。他的身后跟着一位仆从，右手提着鹅笼，竹笼中有一只蹒跚着的大白鹅。

清·上官周·庐山观莲图

画中留长胡须，手执如意的文人是谢灵运，右侧的高僧慧远盘腿而坐，聚精会神地阅读书卷。左侧有两位僧人，老僧望向瓶中莲花，幼僧提壶肩杖站在一侧。

泊秦淮

[唐] 杜牧

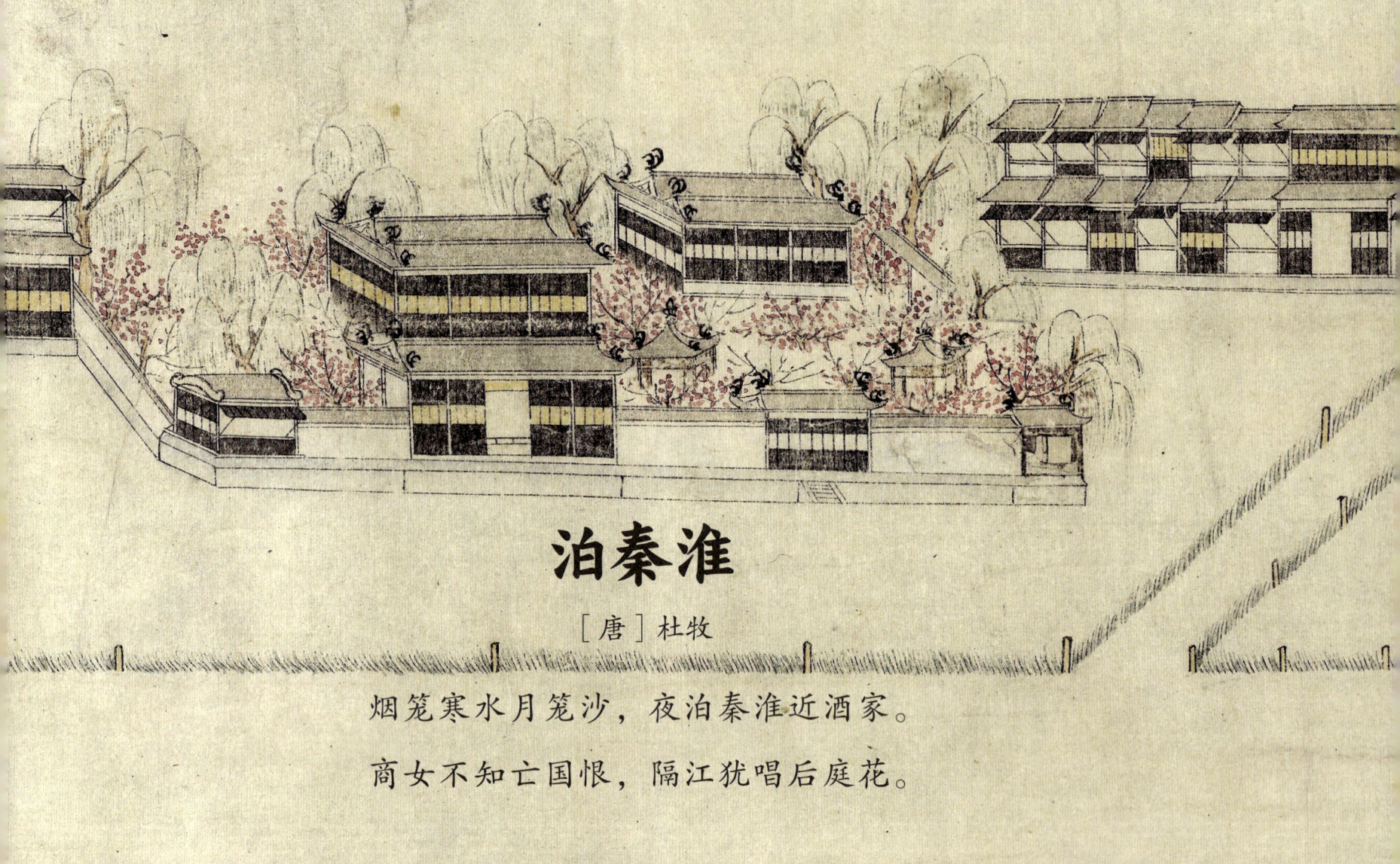

烟笼寒水月笼沙，夜泊秦淮近酒家。

商女不知亡国恨，隔江犹唱后庭花。

元·佚名·仿李嵩西湖清趣图

岸上屋舍俨然，翠柳红花点缀其间，江中游船划过，船上游人吟诗作乐，一派歌舞升平的景象。

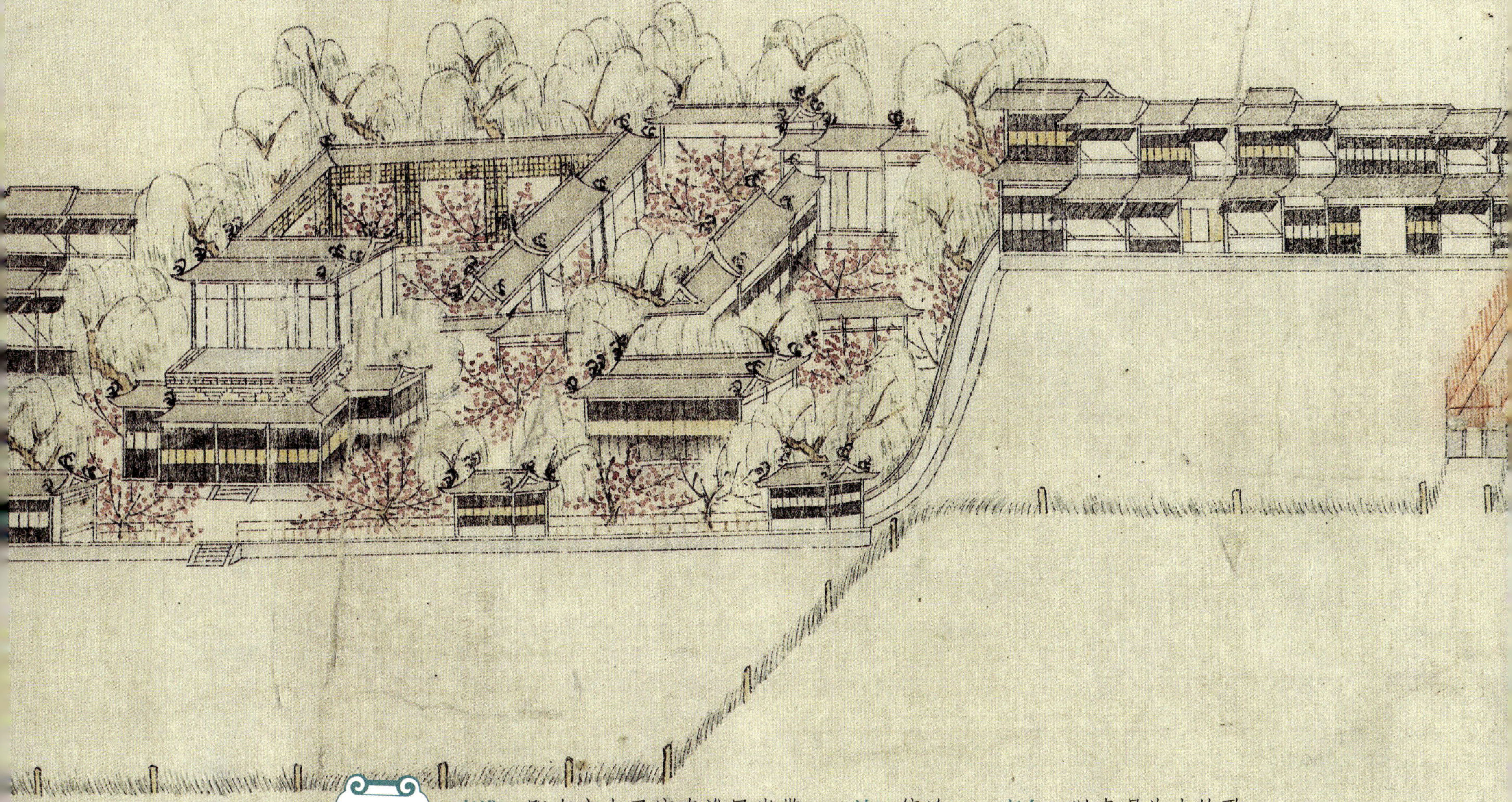

注释

秦淮：即南京夫子庙秦淮风光带。 **泊**：停泊。 **商女**：以卖唱为生的歌女。 **犹**：还，仍然。 **后庭花**：歌曲《玉树后庭花》，南朝陈皇帝陈叔宝所作，后世称此曲为“亡国之音”。

译文

朦胧月色和轻烟笼罩寒水白沙，夜晚泊船靠近秦淮河畔的酒家。
卖唱歌女不懂什么叫亡国之恨，隔着江水仍然高唱《玉树后庭花》。

秦淮风光带

夫子庙是中国古代第一所国家最高学府，秦淮河是中国第一历史文化名河，明城墙是世界上规模最大的古代城垣，三者形成独具南京特色的文化风光带，也是中国最大的传统古街市。

秦淮八艳

“秦淮八艳”指的是明末清初南京秦淮河上的八个南曲名伎，又称“金陵八艳”。

柳如是：嫁与明朝大才子钱谦益，明末清初女诗人。

陈圆圆：吴三桂为其“冲冠一怒为红颜”。

李香君：孔尚任《桃花扇》中的女主人公，故居媚香楼。

董小宛：嫁与复社名士冒襄，发明了董肉和董糖。

卞(biàn)玉京：自号“玉京道人”，后隐居无锡惠山。

顾横波：嫁与诗人龚(gōng)鼎(dǐng)孳(zī)，受诰(gào)封为“一品夫人”。

马湘兰：绘画造诣高超，名作《墨兰图》。

寇白门：人称“女侠”，嫁给保国公朱国弼(bì)。

江南贡院

江南贡院又称南京贡院、建康贡院，是中国历史上规模最大、影响最广的科举考场。明清时期，有半数以上的官员出自江南贡院，被誉为“中国古代官员的摇篮”。

仔细观察左图，判断哪幅图与诗中描绘的景色类似。

清·樊沂·金陵五景图卷

画中描绘了金陵城的三处胜景。第一幅屋舍鳞次栉比，院落相接，描绘的是秦淮河两岸的人家。第二幅山峦连绵，云雾缭绕，描绘的是东郊的钟山。第三幅岩石耸立，仿佛一只燕子在江上展开翅膀，所描绘的是长江边的燕子矶。

春夜喜雨

［唐］杜甫

好雨知时节，当春乃发生。

随风潜入夜，润物细无声。

野径云俱黑，江船火独明。

晓看红湿处，花重(zhòng)锦官城。

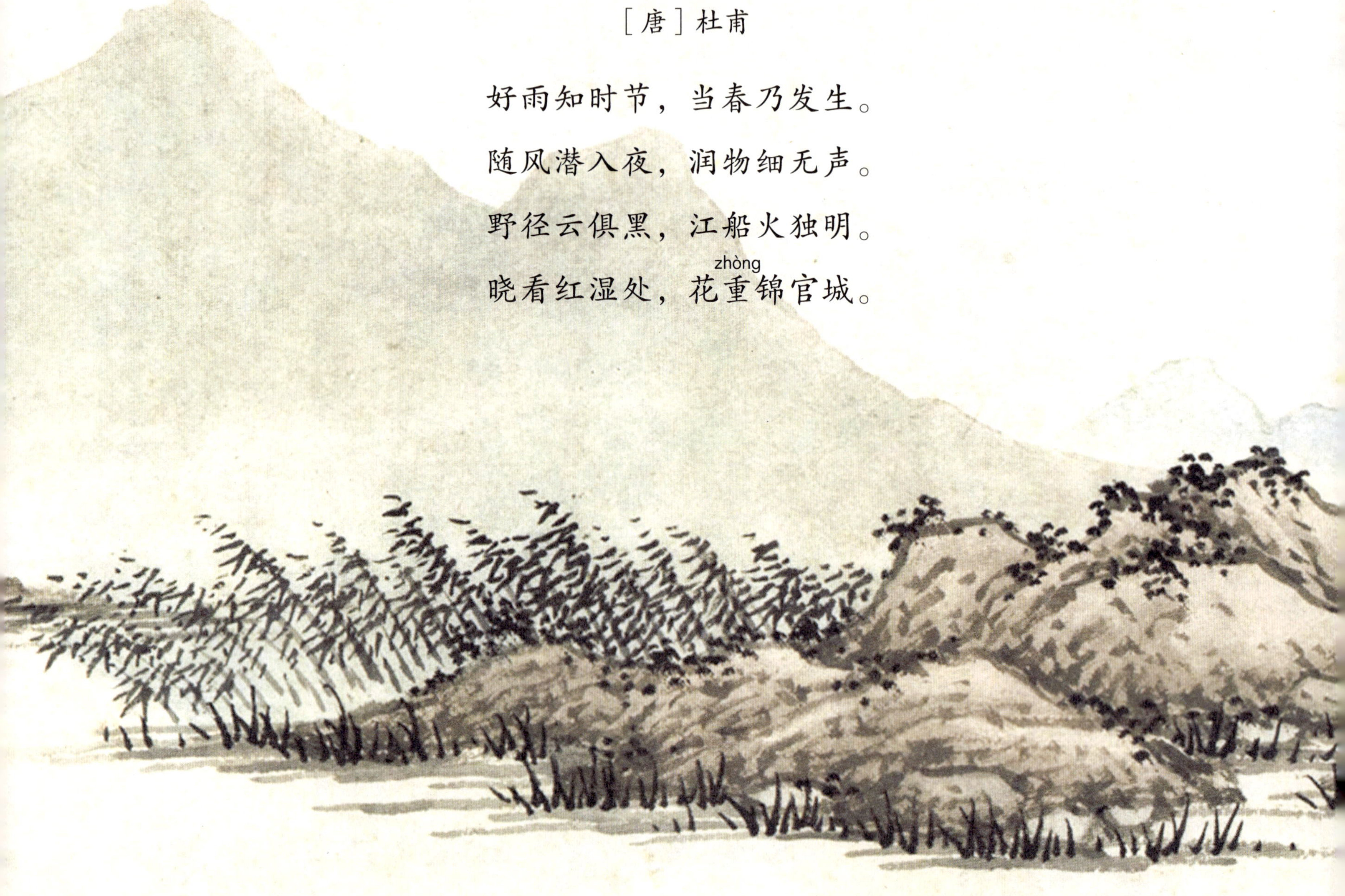

明 · 沈周 · 涤斋图

画面描绘了河面开阔、江边芦花摇曳的江边美景。

注释

乃：就。 **发生**：萌发生长。 **潜**：悄悄地。 **润物**：使植物受到雨水的滋养。 **野径**：田野间的小路。 **晓**：天刚亮。 **红湿处**：被雨水打湿的花丛。 **花重**：花因为饱含雨水而沉重。 **锦官城**：成都的别称。

译文

好雨似乎会挑选到来的节令，正好在春天万物萌生时来临。
细雨随着春风在夜晚悄悄到来，滋润着万物无息又无声。
田间的小路黑茫茫看不太清，只有江上小船灯火通明。
天亮后去看被雨打湿的花丛，繁花盛开点缀了锦官城。

锦官城的来历

古代，成都是蜀锦的主要产地和集散地，朝廷设置了锦官的职位，来专门管理蜀锦的生产，成都也因此被称为“锦官城”。

成都的别称

蓉城、锦城、芙蓉城、锦官城、天府之国。

古代大都会——成都

蜀汉、成汉、前蜀、后蜀等政权先后在成都建立都城；汉代时，成都为全国五大都会之一；唐代都市中有“扬一益二”之说，“益”即指成都；北宋时期，成都是除汴京外的第二大都会，最早出现了世界上第一种纸币——交子。

锦官城里的名人

司马相如：西汉文学家。

卓文君：司马相如之妻，蜀中“四大才女”之一。

诸葛亮：蜀汉丞相，今成都有武侯祠作纪念。

杜甫：流寓成都时，曾在浣花溪畔修建茅屋，人称“杜甫草堂”。

薛涛：唐代乐伎，蜀中“四大才女”之一。

花蕊(ruǐ)夫人：后蜀皇帝孟昶(chǎng)的妃子，蜀中“四大才女”之一。

黄筌(quán)：五代时西蜀画院的宫廷画家。

杨慎：明代文学家，“明代三才子”之首。

唐·李昭道（传）·明皇幸蜀图

画中山势险峻，云雾缭绕，唐玄宗身穿红衣，为躲避战乱，领着几队人马行走在崇山峻岭间，队伍中有身穿胡服的女子，有佩带弓箭的士兵，有给驴和骆驼装行李的侍从。

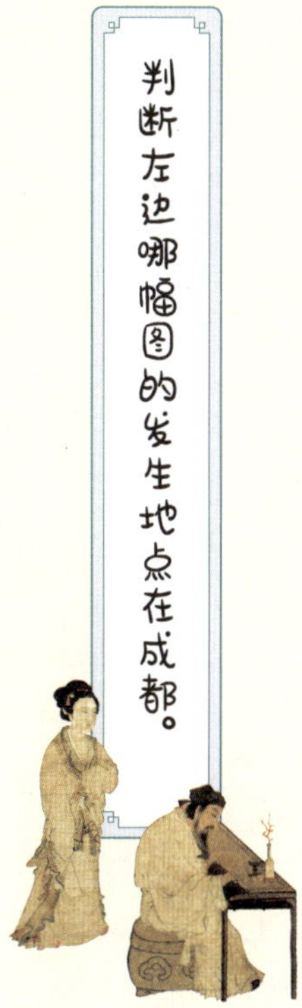

明·仇英·清明上河图

明代著名画家仇英以“清明上河”为题材，绘制的明代苏州城。

使至塞上

［唐］王维

单车欲问边，属国过居延。
征蓬出汉塞，归雁入胡天。
大漠孤烟直，长河落日圆。
萧关逢候骑，都护在燕然。

宋 · 牧溪 · 潇湘八景图

画中云雾苍茫，近处有形态各异的四只大雁。
画面浩瀚、孤寂。

注释

问边：出使边塞慰问戍守的士兵。 属国：依附朝廷的少数民族小国。 居延：地名，唐代称居延海，在今内蒙古额济纳旗北境。 征蓬：随风远飞的枯蓬。 胡天：胡人的领地。 萧关：又名陇山关，在今宁夏回族自治区固原东南。 候骑：负责侦察、通信的骑兵。 都护：唐朝称驻军西北的长官为都护。 燕然：即今蒙古国杭爱山，这里代指前线。

译文

轻车简从去出使边塞，已经过了属国居延。

随风远飞的枯蓬已经飘出了边塞，北归的大雁已经飞到胡人领地的天空。

浩瀚的沙漠里，一道直直的烽烟升腾，滔滔的黄河上，落日变得浑圆。

萧关偶遇负责通信的骑兵，直言相告都护已在燕然。

世界鸣沙王国

巴丹吉林沙漠是中国“八大沙漠”之一，是阿拉善沙漠的主体，其中的必鲁图峰是世界最高沙峰。

巴丹吉林沙漠还是世界最高沙丘所在地，其中的鸣沙山更是被誉为“世界鸣沙王国”。

沙漠里的驼铃

骆驼是沙漠中商队的主要脚力，骆驼脖子下系的铃铛，称为驼铃。驼铃分两种：叮铃和咚铃。

叮铃拴在最后一匹骆驼上，声音清脆响亮，听到叮铃的声响，就说明骆驼没有丢失。咚铃主要固定在运送的货物上，声音沉闷有力，听到咚铃的声响，就说明骆驼身上所背的货物还在。

萧关

萧关是关中“四大关隘”之一，自战国、秦汉以来，萧关故道就是军事要地，也是古代丝绸之路的一部分。

猜猜在丝绸之路上，能看到左边哪种情景和动物。

宋·李迪（传）·雪溪归牧图

一位牧童蹲坐在牛背上，与老牛一同归家。牧童蜷缩成一团，好似在抵御凌厉的寒风，他手中挽着一根长杆，杆上是捕来的大鸟。

元·佚名·摹李公麟蒙人马驼图

蒙人站在骆驼边，弯腰从骆驼背负的行囊中取出琵琶。骆驼屈膝跪在地面，它身旁的黑马瞪大双眼，侧头望向远方。

元·钱选·文殊洗象图

画中白象侧头朝向左侧身披红袈裟的尊者。尊者面含微笑，注视着对面手持锡杖的罗汉。大象的身后与右侧有三位拿着工具正擦洗大象的象奴。『扫象』即『扫相』，在佛教中寓意破除对一切名相的执着。

闻官军收河南河北

［唐］杜甫

剑外忽传收蓟（jì）北，初闻涕泪满衣裳（cháng）。

却看妻子愁何在，漫卷（juǎn）诗书喜欲狂。

白日放歌须纵酒，青春作伴好还乡。

即从巴峡穿巫峡，便下襄阳向洛阳。

清 · 程庭鹭 · 仿古山水图

一艘小船航行在广阔的江面上，渔夫在船尾撑杆，鹭鸶立于船头，船舱中，一名书生背对鹭鸶而坐。河岸一侧，茂密的树林开满了花。

注释

剑外：剑门关以南，这里指四川省。 **蓟北：**今河北省北部，当时为叛军的根据地。 **涕：**眼泪。 **却看：**回头看。 **妻子：**妻子和孩子。 **漫卷：**胡乱卷起。 **须纵酒：**应当开怀痛饮。 **青春：**指明丽的春天的景色。 **巫峡：**长江三峡之一，因穿过巫山得名。 **便：**就。 **襄阳：**今湖北省襄阳市。 **洛阳：**今河南省洛阳市。

译文

剑门关外忽然传来了蓟北被收复的消息，我刚听到后激动得眼泪都沾湿了衣裳。
猛然回头看到妻儿也没了忧伤，胡乱卷起诗书欢欣鼓舞若发狂。
阳光照耀下畅饮美酒和歌唱，明媚的春光伴我一起回到故乡。
即刻启程从巴峡穿过了巫峡，然后过了襄阳又直接奔赴洛阳。

诗人们的“巫峡诗词”

卢照邻：巫山望不极，望望下朝雰(fēn)。

杨炯(jiǒng)：三峡七百里，惟言巫峡长。

刘禹锡：巫山巫峡杨柳多，朝云暮雨远相和。

元稹(zhěn)：曾经沧海难为水，除却巫山不是云。

陆游：十二巫山见九峰，船头彩翠满秋空。

神女峰

巫峡穿过的巫山，山峰秀丽多姿，以“巫山十二峰”闻名，神女峰为十二峰之最，又名美人峰，远看如亭亭少女，相传为西王母之女瑶姬为帮助大禹治水化身为石。

游览过三峡及神女峰的古代名人

宋玉：写有《高唐赋》《神女赋》，虚构了一个楚王与神女幽会的故事。

郦道元：为作《水经注》而游览三峡，写有散文《三峡》。

苏辙：写诗吟咏过三峡，并著有《巫山赋》。

陆游：写有《入蜀记》，描写了神女峰的秀丽风光。

范成大：游记《吴船录》里描写过巫峡和神女峰的景色。

如果杜甫回家途中想登上神女峰，他可以在左边哪幅图中停留？

元·盛懋（mào）（传）·三峡瞿塘图页

两岸高山夹着奔涌的江水，下方一艘大船正缓缓驶来，不远处是一块凸起的沙洲，远方群山若隐若现。

明·谢时臣·巫峡云涛图

地势险峻的巴山巫峡云雾缭绕，两岸奇树丛生，滔滔江水如同从云层中奔腾而下，气势雄浑。

送元二使安西

［唐］王维

渭城朝(zhāo)雨浥(yì)轻尘，客舍青青柳色新。

劝君更尽一杯酒，西出阳关无故人。

注释 **元二：**诗人的朋友，姓元，排行第二。 **使：**出使。 **安西：**指唐代安西都护府，治所在今新疆库车。 **渭城：**即秦代咸阳古城。 **朝雨：**早晨下的雨。 **浥：**湿。 **客舍：**驿馆。 **更尽：**再喝完。 **阳关：**在今甘肃省敦煌市西南古董滩附近。

译文 渭城清晨的小雨打湿了路边灰尘，旅舍周围的杨柳颜色翠绿清新。

请你举起杯盏将离别的美酒畅饮，向西出了阳关后再难遇到故人。

明·钱穀·水程图

画中城门口停满了大小船只，两岸人烟稠密，房屋鳞次栉比。一位船夫在江中划船，好似催促客人远行。

阳关名字的由来

古人以山南水北为阳，阳关因坐落在玉门关之南而得名。

为什么“西出阳关无故人”？

阳关是古代丝绸之路上敦煌段的主要军事重地，是连接西域和连接欧亚的重要门户，出敦煌后必须走玉门关和阳关其中的一个关口，而出了阳关，则是荒无人烟的戈壁沙漠。

古董滩

阳关附近的古董滩因地面曾暴露出大量汉代文物，如铜箭头、古币、石磨、陶盅(zhōng)等各种器物而得名。当地人有“进了古董滩，空手不回还”之说。

唐僧的传说

相传，唐代高僧玄奘(zàng)取经是沿丝绸之路的北道（玉门关）去的天竺(zhú)，返回时则沿着南道（阳关）到达长安。在古阳关的沙漠中，有一块黑色的大石头，据说唐僧当年用此石晒过经书，故称“晒经石”。

宋·赵佶·听琴图

头戴道冠的雅士坐在松下凝神抚琴，前方两位贵族对坐听琴，一位贵族身穿蓝袍，身边跟着一位童子，童子瞪大眼睛，望着抚琴的雅士。另一位贵族身穿红袍，垂手拿扇，静静地听琴。

左边三幅图的主人公分别是宋徽宗、王昭君和乾隆帝，判断谁的东西最有可能遗留在古董滩上。

清·郎世宁·弘历观画图
一身儒服的乾隆皇帝坐在椅子上，望向画师手中展开的画卷，身边被宫女与侍从环绕。

元·佚名·明妃出塞图
昭君侧身望向为她送行的汉人官兵，身旁是背着琵琶的侍女与牵马的随从。

登岳阳楼

［唐］杜甫

昔闻洞庭水，今上岳阳楼。
吴楚东南坼(chè)，乾坤日夜浮。
亲朋无一字，老病有孤舟。
戎(róng)马关山北，凭轩涕泗(sì)流。

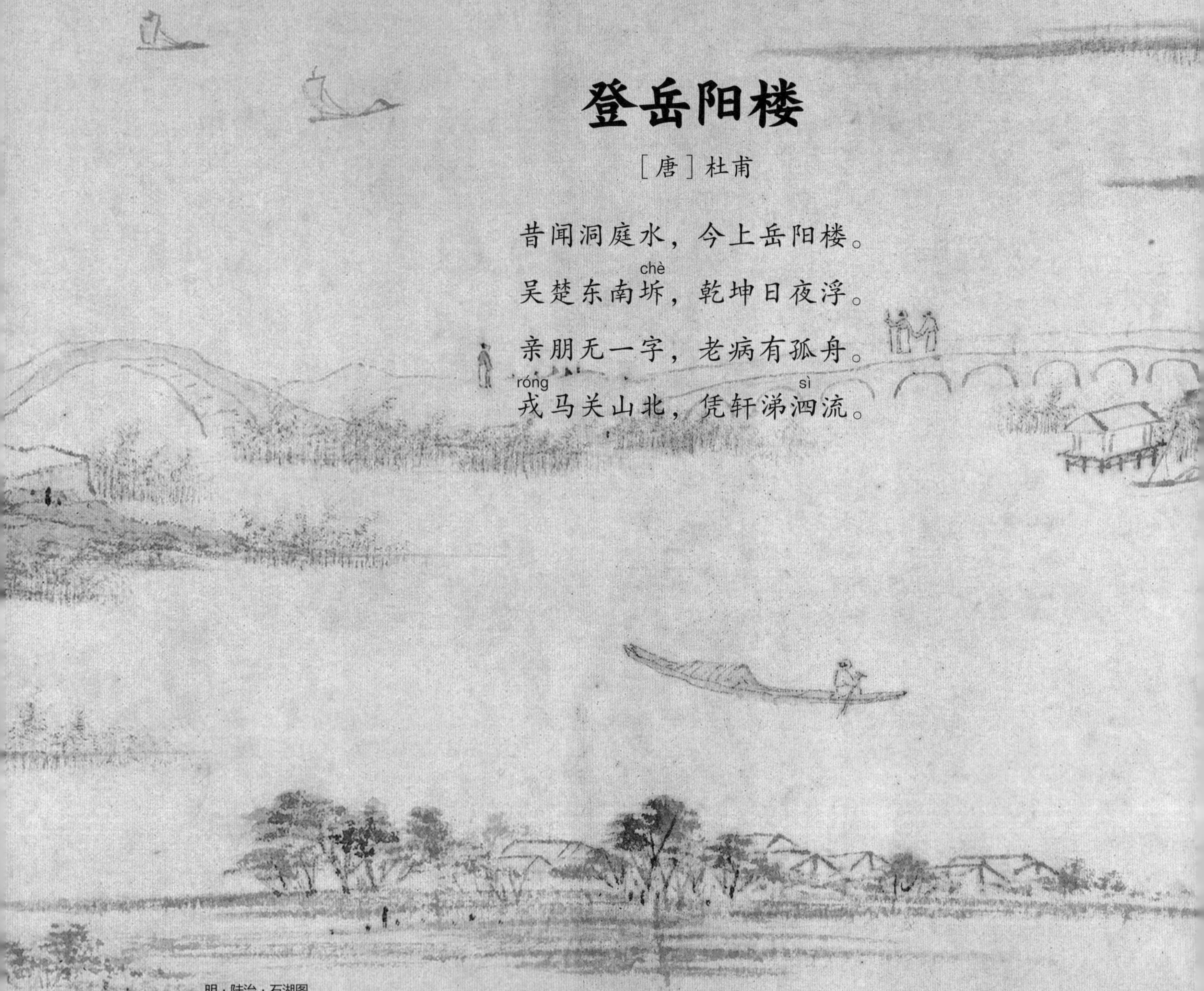

明 · 陆治 · 石湖图

浩渺的湖水与秀丽的山色相映生辉，湖面上几艘小船往来，湖岸立着几座石拱桥，游人驻足桥上，欣赏着湖光山色。

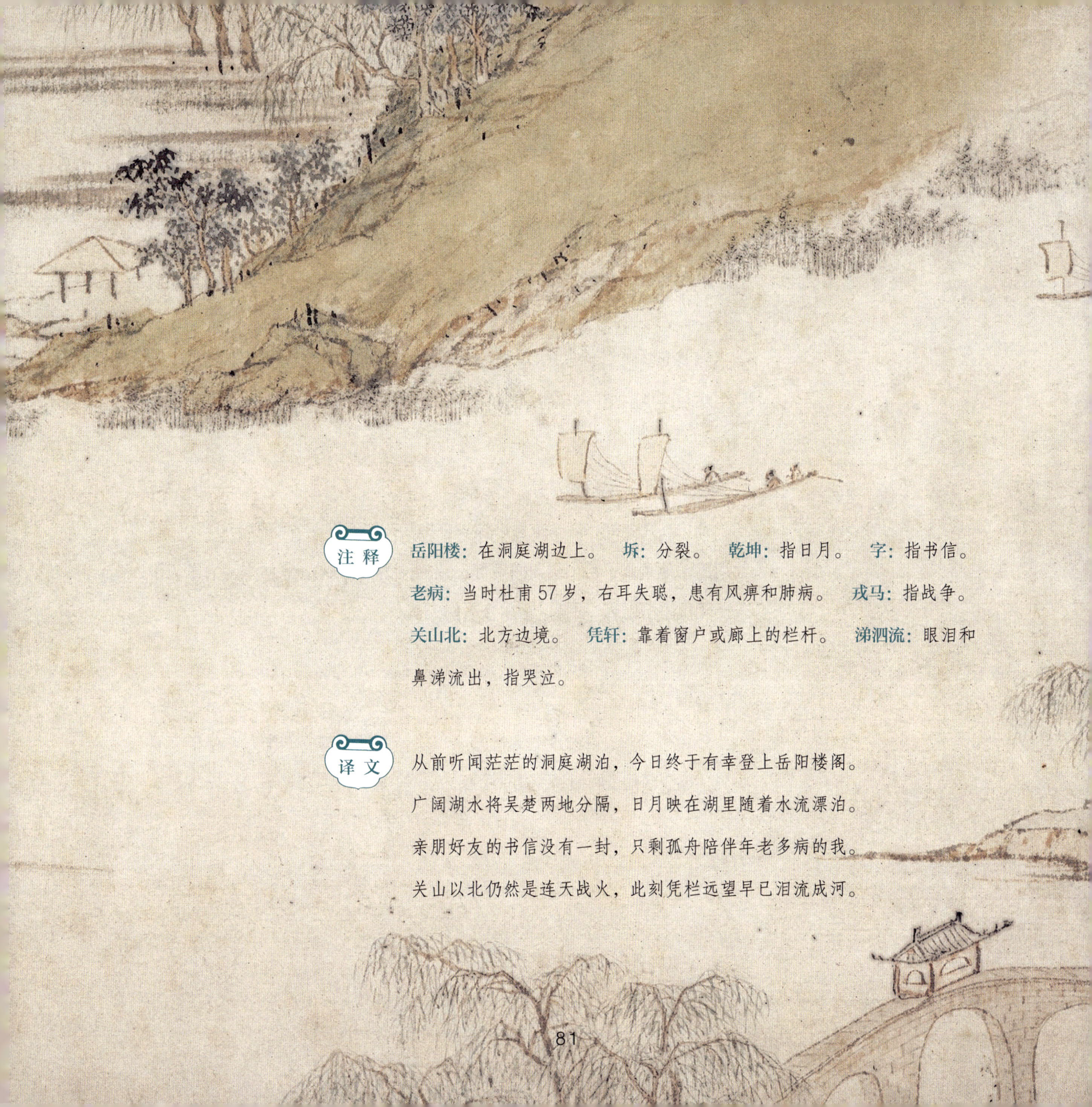

注释

岳阳楼：在洞庭湖边上。 **坼**：分裂。 **乾坤**：指日月。 **字**：指书信。 **老病**：当时杜甫57岁，右耳失聪，患有风痹和肺病。 **戎马**：指战争。 **关山北**：北方边境。 **凭轩**：靠着窗户或廊上的栏杆。 **涕泗流**：眼泪和鼻涕流出，指哭泣。

译文

从前听闻茫茫的洞庭湖泊，今日终于有幸登上岳阳楼阁。
广阔湖水将吴楚两地分隔，日月映在湖里随着水流漂泊。
亲朋好友的书信没有一封，只剩孤舟陪伴年老多病的我。
关山以北仍然是连天战火，此刻凭栏远望早已泪流成河。

岳阳楼的“名字变换史”

东汉末年：鲁肃始建“阅军楼”。

西晋时期：“阅军楼”被称为“巴陵城楼”。

东晋义熙年间以前：被毁无楼。

南朝宋元嘉年间：重修巴陵城楼；同年，颜延之路过作诗，开始出现“岳阳”二字。

唐开元年间：大臣张说扩建巴陵城楼，取名“南楼”，又名岳阳城楼。

中唐时期：李白赋诗后定名“岳阳楼”。

“推广大使”范仲淹

北宋庆历年间，政治家滕宗谅被贬至岳州（今湖南省岳阳市一带），执政期间，他重修了岳阳楼，并请好友范仲淹为其作赋。范仲淹写下了天下奇文《岳阳楼记》。自此，岳阳楼名闻天下。

怀甫亭

怀甫亭是为纪念诗圣杜甫所建，位于岳阳楼下的临湖平台，亭中立有石碑，正面刻杜甫画像和《登岳阳楼》一诗，背面刻其生平事迹。

明 · 黄彪 · 九老图

唐朝诗人白居易年老辞官后，在洛阳香山与友人聚会。画中一位老人头戴簪花正在表演，三位老人在一旁拍手叫好。他们身后跟着两位拿着物件的童子。

zuò
清 · 郭朝祚 · 征西图

画中描绘的是宁远大将军查郎阿率清军平定准噶尔叛乱，清军披坚执锐，正朝叛军杀去，气势勇猛，锐不可当。

猜猜诗人『凭轩涕泗流』的原因可能跟左边哪种场景有关。

滕王阁诗

［唐］王勃

滕王高阁临江渚(zhǔ)，佩玉鸣鸾(luán)罢歌舞。

画栋朝飞南浦(pǔ)云，珠帘暮卷西山雨。

闲云潭影日悠悠，物换星移几度秋。

阁中帝子今何在？槛(jiàn)外长江空自流。

注释

滕王阁：故址在今江西省南昌市赣(gàn)江之滨。 **江**：指赣江。**渚**：江中小洲。 **佩玉鸣鸾**：身上佩戴的玉饰、响铃。 **画栋**：有彩绘的栋梁楼阁。 **南浦**：在南昌市西南。 **西山**：洪崖山。 **物换星移**：形容时代变迁，万物更替。 **帝子**：指滕王李元婴，唐高祖李渊的第二十二子，滕王阁的创建者。 **槛**：栏杆。

译文

巍峨(wēi é)的滕王阁临近赣江里的小洲，佩戴美玉响铃的贵族宴会已结束。
雕梁画栋上飞来了南浦朝云，黄昏时分西山的细雨被卷进了珠帘里头。
白云映在潭中的倒影荡悠悠，世事变换斗转星移不知又过了几个春秋。
当初建楼的滕王现在在哪里？只剩那栏杆外的江水滔滔不绝向东奔流。

元·夏永·滕王阁图

滕王阁气势宏伟，登楼的游人穿梭其中。巍峨的阁楼下，是浩渺的江面，一艘渔舟扬帆驶来。

三个滕王阁

李元婴 11 岁时，被封为滕王，食禄山东滕州。其间，他修筑楼阁，命名为滕王阁（今已被毁）；后任洪州都督，再次修建楼阁，这就是王勃笔下的滕王阁；龙朔二年（662 年），他又任隆州（四川阆(làng)中）刺史，在嘉陵江畔的玉台山建造楼阁，这就是杜甫笔下的滕王阁。

两大宴会

675 年的秋天，都督阎伯屿为了庆祝重修滕王阁，大宴宾客，王勃也在邀请之列。席上，王勃以文采斐然的《滕王阁序》震惊四座，自此，滕王阁名扬天下。

1363 年，朱元璋在鄱阳湖大败陈友谅，为庆祝胜利，在此举办盛大宴会。

最佳改编名句

《滕王阁序》中最著名的句子为：落霞与孤鹜(wù)齐飞，秋水共长天一色。

此句化用了南北朝诗人庾(yǔ)信《马射赋》中的句子：落花与芝盖同飞，杨柳与春旗一色。

王勃只是改了几个景物，意象就变得无比壮阔。

左边哪幅的意境与「落霞与孤鹜齐飞」的意境相似？

明·王守谦·千雁图

南飞的秋雁围聚在湖边，有的展翅翱翔，有的放声鸣叫，活泼可爱。

明·张路·观画图

乡野百姓围聚一处共同赏画，两名男子将画卷打开。右侧的人神情得意，左侧的人低头赏画。他们身边围绕着六位观画者，有的背孩子，有的举鱼竿，有的坐在石桌上伸着懒腰，有的刚从画卷下钻出来，有的从窗户伸出头来观看。

宋·梁楷（传）·秋芦飞鹜图

深秋时节，干枯的芦苇稀稀落落，残枝败叶随风飘荡。芦苇荡旁，三两只野鸭振翅而飞。

峨眉山月歌

［唐］李白

峨眉山月半轮秋，影入平羌(qiāng)江水流。
夜发清溪向三峡，思君不见下渝州。

注释

峨眉山：在今四川省峨眉山市西南。**半轮秋：**指秋夜的上弦月形似半个车轮。**平羌：**即青衣江。**发：**出发。**清溪：**指峨眉山附近的清溪驿。**君：**指作者的友人。**下：**顺流而下。**渝州：**唐代州名，即今重庆市。

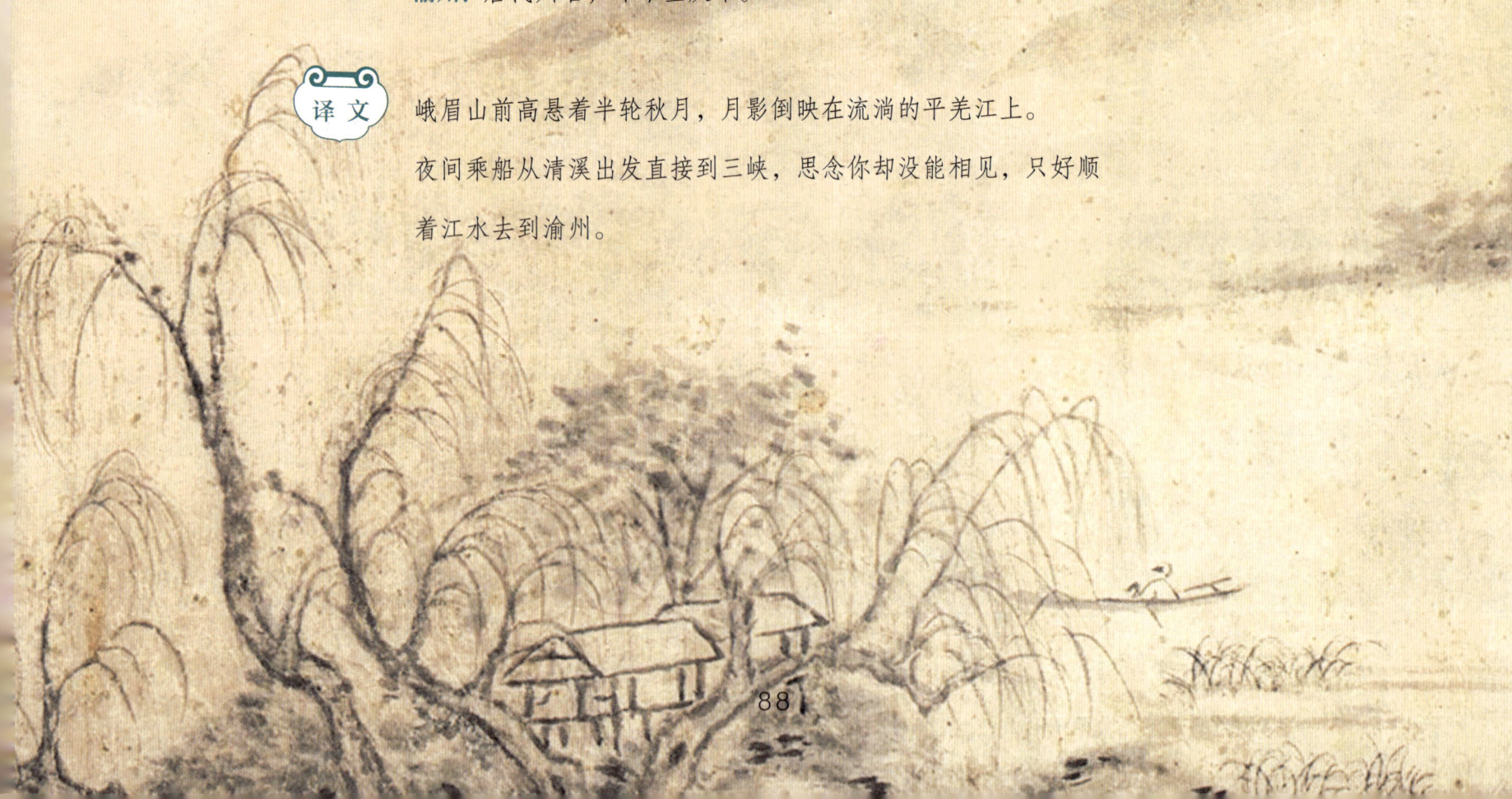

译文

峨眉山前高悬着半轮秋月，月影倒映在流淌的平羌江上。夜间乘船从清溪出发直接到三峡，思念你却没能相见，只好顺着江水去到渝州。

明 · 卞文瑜 · 溪山秋霭图
雾霭沉沉的秋季，山间云烟弥漫，
山、树与民居显现孤寂的景色。

峨眉山是指四座山?

峨眉山不是指一座山，它是由大峨山、二峨山、三峨山、四峨山共四座山峰组成的。

峨眉派

相传，战国时有位司徒玄空，在峨眉山仿照山猿动作，发明了峨眉通臂拳，因其常穿白衣，人称“白猿祖师”。这就是峨眉武术的起源。由于巴蜀一带的武术派系风格大致相似，久而久之，形成了以峨眉山为主的地域性武术派系——峨眉派。

佛教道场

峨眉山是蜚声中外的“佛教圣地”，为普贤菩萨的道场。山上有许多跟普贤菩萨有关的建筑，如洗象池，传说普贤菩萨曾在这里洗他的坐骑六齿白象。峨眉山金顶有十方普贤菩萨金像，是目前世界上最大、最高的十方普贤像。

明·佚名·送子观音图

观音头戴宝冠，盘起右腿端坐在一头威武的黑狮子上，怀中抱着一个调皮的娃娃。左侧黑皮肤的罗汉举着长杆为观音护行，右侧的小童双手合掌，紧紧跟随在观音身旁。

如果你去峨眉山，有可能看到左边哪一位菩萨的相关信息？

明·佚名·普贤大士像

普贤菩萨盘腿骑在一头白象上，低垂着脸，全神贯注地阅读手中的书卷。

元·佚名·文殊菩萨

文殊菩萨结发戴冠，身披彩衣，手中拿一枝盛开的莲花。他低眉垂首，面目慈祥，身旁有一头威风凛凛的青狮。

饮湖上初晴后雨二首·其二

［北宋］苏轼

liàn yàn

水光潋滟晴方好，山色空蒙雨亦奇。

欲把西湖比西子，淡妆浓抹总相宜。

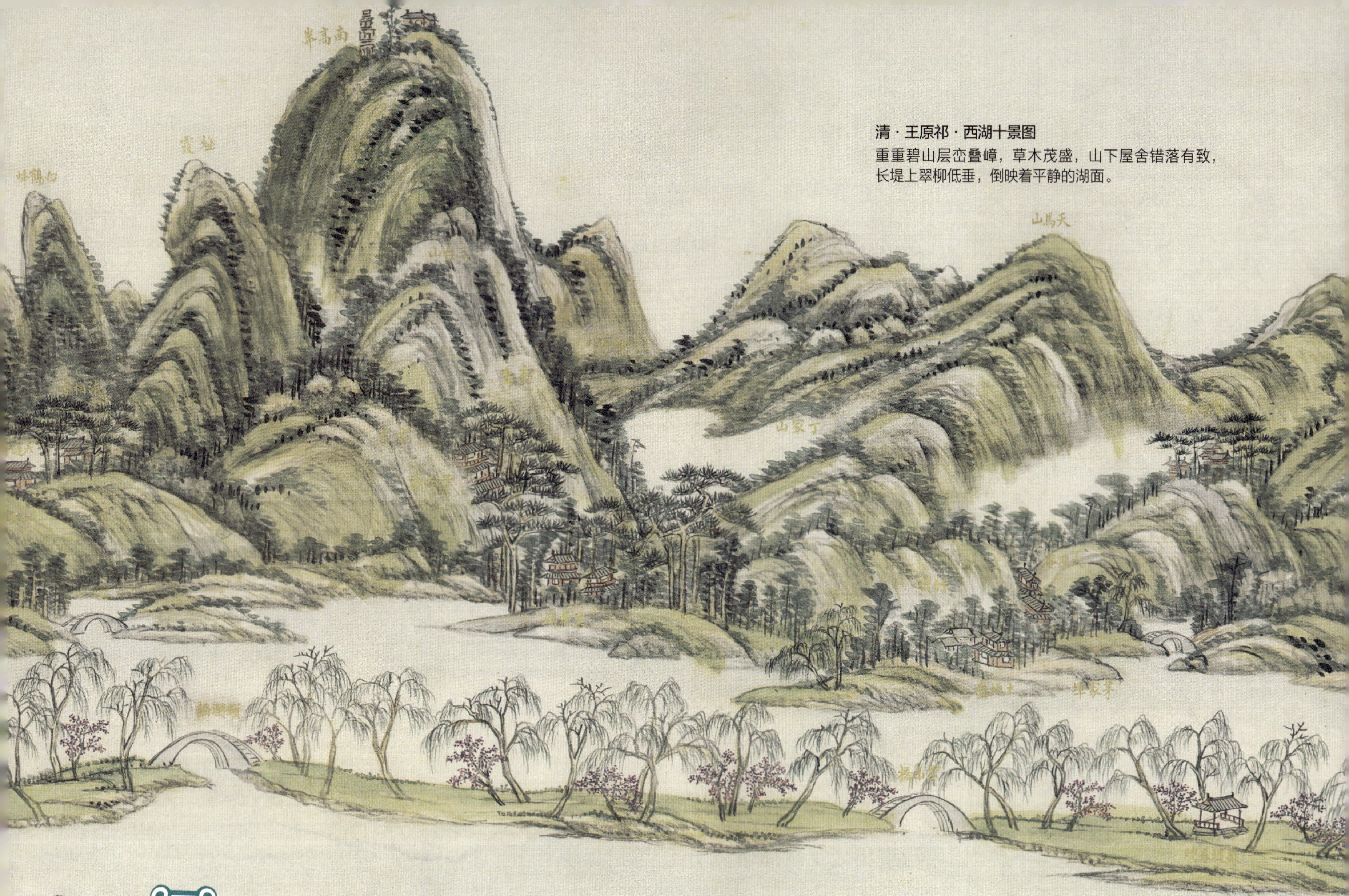

清·王原祁·西湖十景图

重重碧山层峦叠嶂，草木茂盛，山下屋舍错落有致，长堤上翠柳低垂，倒映着平静的湖面。

注释

湖：指西湖。　**潋滟：**水面波光闪动的样子。　**方好：**正显得很美。

空蒙：细雨迷蒙的样子。　**西子：**西施，原名施夷光，古代四大美女之一。

相宜：显得合适，十分自然。

译文

天气晴朗时，水波粼粼闪着微光，细雨迷蒙中，群山显得空灵而渺茫。

若把西湖比作绝代美人西施，无论淡妆浓抹总是相得益彰。

西湖十景

苏堤春晓、曲院风荷、平湖秋月、断桥残雪、柳浪闻莺、花港观鱼、雷峰夕照、双峰插云、南屏晚钟、三潭印月。

三座桥，三个故事

断桥：《白蛇传》中许仙和白娘子相识于此，借伞定情。

长桥：梁山伯与祝英台在西湖上的万松书院同窗共读，曾在长桥送别，你送过来，我送过去，来回送了十八次。

西泠(líng)桥：钱塘名伎苏小小与宰相之子阮郁相识于此，写诗定情。

西湖的别称

西子湖、金牛湖、钱塘湖。

清·董邦达·三潭印月轴

描绘了西湖十景之一的三潭印月。画中三座浮在湖水的上面的瓶状小石塔就是『三潭』。

左边是『西湖十景』中的三个，判断分别是哪个景点。

清·董邦达·断桥残雪图

描绘了西湖十景之一的断桥残雪。断桥是白堤的第一桥，位于前后两湖的中间。断桥后是险峻的高山，山巅的积雪还没有融化，湖边的柳树与楼台也笼罩在寒冬的薄雪中。

清·董邦达·柳浪闻莺御题轴

描绘了西湖十景之一的柳浪桥。画中桥边种满了柳树，绿柳随风飘摇，仿佛能听见黄莺的啼叫。

答案

P7

P11

P15

P19

P23

P27

P31

P35

P39

P43

P47

P51

P55

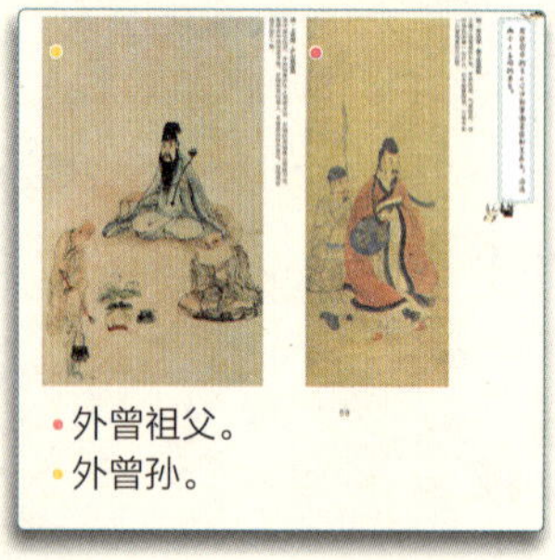

P59

P63

P67

P71

P75

P79

P83

P87

P91

P95